Bambou

IL ET ELLE

Michel LAFON
103, boulevard Murat, 75016 Paris

Préface

Bambou, quand tes silences se dessinent (...)
Quand tes yeux absents se dévoilent (...),
chantait Chamfort, paroles Gainsbourg.

Nous y sommes.

Bambou l'énigmatique, insondable et secrète, livre – enfin – ses mystères. Ou tout au moins peut-on le croire. Ses histoires ou plutôt ses contes – le narrateur est, selon l'usage, « Il » ou « Elle » – s'ancrent dans une hyperréalité (comme on peut le dire en peinture) plus vraie que nature.

Ne cherchons pas ici de faux mémoires ou une biographie arrangée. Non, rien de tout cela : il s'agit d'une suite de courts récits où Bambou, rebelle à fleur de peau, se révèle dans un langage vrai – le sien –, presque parlé. Une sorte de « talk-over ». Et nous d'y retrouver pêle-mêle la femme, la compagne, la femme-enfant, la gamine, l'exilée, ses douleurs, ses fractures, ses emportements, ses folies, ses violences... Bref, de la passion avant toute chose, le tout mené tambour battant sauce polar.

Bambou

Bambou nous entraîne, avec parfois autant d'insouciance que de nœuds au ventre, dans la France profonde, sur Sunset Boulevard, ou à Ibiza comme dans un Paris interlope. Mirages du réel, pistes brouillées… qui sait ? Bambou s'amuse : qui est « Il » ? Qui est « Elle » ?

C'est une autre femme – et quelle femme puisqu'il s'agit de Coco Chanel – qui écrivit un jour : « Le cerveau humain n'est fidèle qu'à deux valeurs-or, l'enfance et l'amour… »

FRANK MAUBERT

One, two, three, four !

Pendant six mois, concert sur concert non-stop. Chaque jour, une autre ville. Chaque soir, il est sur scène. Tournée épuisante…

À son retour, il subit une grave opération. Cinq jours de réanimation, avec des tuyaux qui sortent de partout. Il y en a un qui rentre dans le nez pour l'aider à respirer.

Elle est là, près de lui. Il n'a toujours pas rouvert les yeux. Depuis quinze minutes, elle le regarde. Soudain, il lui semble qu'il remue légèrement les lèvres. Il esquisse un sourire, puis sa main bouge comme s'il cherchait à saisir quelque chose.

Elle l'entend murmurer :

– One… two… One ! two ! three ! four !

Ce sont ses premiers mots depuis l'opération.

Plus tard, il dira :

– Avec tous ces tuyaux, j'ai cru que c'était mon micro et que j'étais sur scène. Alors j'ai ouvert les yeux…

Strip-tease

Fin de la semaine, les temps sont durs, plus de fric. Comment en trouver rapidement ? Elle ne sait plus. Tout ce qui lui restait, elle vient de le claquer pour un sandwich-café avec un ami. Elle a dix-sept ans à peine, pas encore majeure. Elle vient de se tirer de chez sa mère, enfin plutôt sa pseudo-mère, elle a laissé tomber le lycée à contrecœur… mais la vie familiale, un enfer ! Elle a mis les voiles. Peut-être que les flics sont à sa recherche, mais pas question de retourner dans cette foutue famille, plutôt crever ! Depuis, elle vit à droite et à gauche, chez les copains, les copines. Petite garçonne mignonne sans plus, mais pleine de charme, gracile, gracieuse, prête à tout, n'ayant peur de rien. Donc elle va trouver une solution dans les heures qui suivent, il le faut, pas le choix ! Tiens, elle va téléphoner à cette fille, Corinne, on ne sait jamais, avec un peu de bol…

– Allô, Corinne ? C'est moi. Tu vas bien ? Voilà, je vais direct au but. Je suis dans la merde, j'ai plus un rond. J'en dois déjà à Babette, tu connais ? C'est elle qui m'a dit de t'appeler, que t'aurais peut-être un plan pour du boulot, garder des mômes, serveuse... enfin tu vois ! Ça urge !

— T'as déjà fait des strip-teases ? De toute façon, tu sais, c'est pas compliqué... C'est en fête foraine, en province, je t'expliquerai si tu acceptes. Il manque une fille, le mec m'a demandé de chercher, il n'a personne sous la main. On doit être trois pour l'instant. Il y a Dominique, je crois que tu la connais, et moi. Si ça te dit, c'est mille balles les trois jours, hôtel compris, billets de train, enfin tout pris en charge...

— Mais j'ai jamais fait ça ! Je sais que presque toutes les copines m'en ont parlé, elles ont déjà essayé, mais moi... Tu crois que je ferai l'affaire ?

— T'inquiète ! Je te donnerai quelques tuyaux. C'est tout ce que j'ai à te proposer... et puis on sera ensemble, ça sera drôle ! Allez, te dégonfle pas !

— Mais il faut se mettre à poil complètement ?

— Eh oui ! Mais pas de problème, tu n'as rien à craindre... Allez, viens !

— Bon, OK !

— Super ! Je contacte le mec et je te rappelle.

Quelques minutes plus tard, sonnerie du téléphone.

– Allô ? C'est Corinne ! Ça roule ! Je te file les coordonnées pour demain : gare du Nord, train 1069, voie 7, à dix heures précises. Emporte quelques tenues sexy ! Et aussi des pull-overs, car on risque de se les geler ! On est quand même au mois de janvier, et il n'y a pas de chauffage… Allez, je t'embrasse et à demain. Ciao !

Le lendemain, un peu inquiète malgré tout, elle se pointe à l'heure et au lieu dits. Corinne et Dominique sont déjà sur le quai. Elle est contente de voir des têtes connues.

– Salut les copines ! Ça fait un bail qu'on ne s'est pas vues !

– Salut ! répond Dominique. Viens ! Montons dans le train, on va te briefer un peu sur l'art du déshabillage.

Toutes trois choisissent un compartiment vide, posent leur sac, s'assoient, se regardent et pouffent de rire. Bientôt le train s'ébranle. « Et en route vers de nouvelles aventures », se dit-elle silencieusement.

Corinne lui demande :

– Qu'est-ce que tu as apporté comme petits dessous ?

Elle lui ouvre son sac.

– Tiens ! Regarde !

Porte-jarretelles, petites culottes, strings, soutiens-gorge à balconnet, guêpières, bas, talons hauts, robes, maillots de bain deux-pièces…

– Tu en as plus qu'il ne faut ! constate Corinne. Tu n'auras pas à t'emmerder la vie avec tout ça. On nous demande pas un numéro sur mesure... Du moment que tu danses ! Je ne sais pas encore sur quelle musique tu vas te déshabiller, on verra tout sur place. L'essentiel, c'est d'être un minimum sexy ! Tu nous regarderas et tu feras pareil, OK ?

Pendant tout le trajet, Dominique et Corinne la conditionnent doucement, elles la sentent un peu stressée. Normal, pour une première de ce genre !

Après deux heures de train et quelques fous rires, elles arrivent à la gare prévue. Un homme à la carrure assez large les attend. Présentations faites – il s'appelle Dédé –, tout ce joli petit monde grimpe en voiture, et direction l'hôtel !

Petit hôtel sans prétention, plutôt du genre sordidos. Laissant l'homme dans le hall, et après avoir convenu de l'heure du regroupement général, toutes trois regagnent chacune sa chambre. Au même étage, trois petites pièces mansardées avec douche, bidet. Ambiance hôtel de passe... On est loin du grand luxe, ce qui n'est pas pour autant déplaisant. Elle sait par des copines que certaines filles profitent de la situation pour arrondir les fins de weekend. Ce n'est pas son problème, mais il est vrai que c'est le cadre idéal... dans le genre craignos. Elle trouve tout ça plutôt excitant...

Elle pose son sac, son manteau, s'allonge sur le lit, et fume tranquillement quelques cigarettes en regardant s'élever les volutes de fumée.

Corinne et Dominique frappent à la porte une heure plus tard. Elle ouvre.

– Holà ! Tu es prête ? Il va falloir y aller. Toi non plus, tu n'as pas défait tes bagages ? Prends vite un sac, mets tes dessous, ton make-up, et surtout n'oublie pas les pulls ! Enfin, tout ce qui peut te tenir chaud, il a l'air de faire un froid de canard. Nous allons toutes choper la crève à ce tarif ! On mangera un truc vite fait à la fête foraine, comme ça nous serons sur place.

– Je vous retrouve en bas dans cinq minutes, le temps de faire mon sac. OK ?

– À tout'.

Cinq minutes après, elles sont à nouveau dans la voiture du fameux Dédé, et en route vers la fête…

Une fois arrivées, elles se dirigent vers une caravane qui jouxte une espèce de chapiteau, plutôt une grande tente, avec une petite cabane qui, apparemment, fait office de caisse. Quelques marches en bois mènent à une estrade reposant sur des tréteaux. Le tout monté très rustique. On a l'impression que ce joli décor peut s'écrouler d'un instant à l'autre. De chaque côté de l'estrade, de grandes enceintes branchées vaguement à un micro...

La porte de la caravane s'ouvre et la grosse Mme Michon apparaît. C'est la patronne, la tenancière de ce ravissant bordel ! Mme Michon embrasse Corinne et Dominique, puis regarde, ou plutôt jauge la nouvelle recrue.

– Bonjour, je suis Michon ! Dominique m'a dit que vous aviez déjà travaillé à Pigalle, dans les strip-teases forains. Je sais que vous n'êtes pas encore majeure, donc s'il y a un contrôle de police, vous avez dix-huit ans et vous avez perdu vos papiers ! Mais il y a peu de risques, nous avons des arrangements. Voilà ! Vu que vous êtes un peu typée, accentuez votre maquillage à la japonaise ! Votre surnom sera Shin Bi, ma petite Japonaise ! Et au fait, on se tutoie, parce que moi, le vouvoiement...

Elle regarde avec assurance Michon dans les yeux, et lui répond en souriant qu'il n'y a pas de problème, qu'en effet c'est beaucoup plus simple comme ça.

Plus elle dévisage cette grosse femme, avec son maquillage vulgaire mais tellement en accord avec le reste de sa personnalité, plus elle se dit que cette espèce de monstre a malgré tout un côté sympathique, dans le style mère-maquerelle.

– Allez les filles ! Vite ! Laissez vos sacs là, Dédé vous les apportera tout à l'heure ! Allez manger quelque chose dans la buvette en face, et revenez assez vite pour que je vous donne les dernières instructions. On commence dès quatorze heures !

Elles vont s'installer à la buvette, passent la commande... Il fait froid, et le bruit des manèges, peu à peu, se transforme en un tel vacarme qu'il leur faut pratiquement hurler pour entendre ce que l'une ou l'autre dit. Elle a froid, elle n'a pas très faim, surtout elle se demande ce qu'elle est venue foutre ici. Dans quelle galère s'est-elle embarquée ? Enfin, elle est là, tout est là ! Plus question de faire marche arrière... Il faut assurer ! Elle n'a jamais vu de situation plus glauque, plus dérisoire. Mais assez de réflexions ! Elle a choisi...

Elles retournent chez Mme Michon. La foule commence à affluer. Elles traversent la tente, montent sur l'estrade par une petite échelle cachée sur le côté. Les voilà sur la scène. Au fond un rideau, puis un corridor minuscule, et enfin les loges. Les sacs sont là. Une ampoule accrochée à un panneau éclaire les lieux d'une faible lueur. Derrière ce panneau, l'estrade extérieure. Au milieu, une sortie dissimulée par un tissu noir les conduit directement dehors. Tout n'est que courant d'air. Corinne lui explique :

— Là où tu entends la musique, c'est-à-dire sur l'estrade, dehors, nous faisons la parade devant le public. Il faut recruter ! Alors, tu danses en maillot de bain, les mecs paient et entrent sous la tente.

Lorsqu'il y a assez de monde, l'une de nous va faire son numéro, pendant que les deux autres continuent à danser. Quand l'une a fini, c'est au tour de l'autre et ainsi de suite... Cinq minutes de pause, et à nouveau la parade toutes les trois ensemble, et rebelote jusqu'à minuit ! Pas compliqué. Ici, voilà nos sacs, on se change, on s'habille ! Pas mal comme loge... trois chaises, grand luxe ! Tu ne trouves pas ? Regarde, la mère Michon a prévu du réconfort ! Une caisse de bières pour nous réchauffer... c'est cool !

Elles éclatent de rire.

— Au boulot ! Maquillage ! On ne se mettra en petite tenue qu'à la dernière minute, il fait trop froid ! dit Dominique.

Machinalement, elle imite les préparatifs de ses deux copines, en se demandant si ça sera aussi facile au moment du déshabillage... Plus ça approche, plus elle se sent désemparée, malgré ses efforts pour faire comme si de rien n'était.

La mère Michon arrive pour l'inspection. Le make-up la satisfait. Japonais, comme elle l'a désiré. Elle regarde vite fait les fringues puis dit à Do et Co :

— Même musique que d'habitude pour vous deux, vous connaissez le timing ! Quant à Shin Bi, elle dansera sur *la Vie en rose* de Grace Jones. Ça te va ? Je vais te l'envoyer pendant la parade pour que tu l'écoutes. Bon, attention les filles, c'est à vous dans cinq minutes ! Je fais les présentations. Commencez à vous mettre en petite tenue, et en attendant le coup d'envoi, ne prenez pas froid ! Couvrez-vous !

Elle part à la caisse, vérifie le micro et met la sono à fond. Co lui dit que, pour la parade, elles doivent se mettre toutes les trois en maillot de bain. Ensuite, pour le show, elles se changeront : bas, porte-jarretelles, petite culotte, soutien-gorge et un pull assez grand pour faire robe.

Elle se retrouve en plein hiver sur un podium de foire avec ses deux copines, à danser. Quel exploit ! Heureusement qu'elle est dans un bled paumé, qu'elle ne connaît personne. Du moins elle l'espère ! Car elle ne se sent pas vraiment dans son élément. Faut avouer que c'est assez folklo, le moins qu'on puisse dire. Le pire, c'est quand elle entend Michon annoncer :

– Shin Bi, la plus jeune cochonne de la maison !

Là, c'est l'apothéose ! La foule regarde, se marre... Elle essaie de ne pas s'arrêter sur cette vision, se persuade qu'elle doit désormais être pro, et qu'après tout danser est un bon moyen d'avoir un peu moins froid. Co et Do semblent n'avoir aucun problème. Question d'habitude, suppose-t-elle.

Pendant qu'elle se changeait, elle a eu le temps de voir comment Do faisait son strip-tease, ce qui l'a vaguement rassurée. Elle a pu constater que Do ne se fatigue pas trop à faire un numéro au point. Ce qu'il faut retenir, elle va l'apprendre très vite.

Voilà, c'est son tour. Elle fait son entrée sur scène en dansant, une scène éclairée faiblement par quelques spots bleus et rouges. Au milieu, une chaise. Elle ne voit rien, la tente est plongée dans le noir total. Elle devine des présences qui se tiennent debout, entassées. Puis, peu à peu, ses yeux s'habituent à l'obscurité, elle distingue à peine quelques visages à ses pieds. L'estrade est à la hauteur des visages. Plus préoccupée par ce qu'elle doit faire que par ce qui peut se passer devant elle, elle continue à danser autour de la chaise, commence à enlever son pull et à jouer avec, de façon plus ou moins sexy. Enfin elle fait de son mieux, perchée sur ses talons hauts... Le pull enlevé et jeté à terre, elle s'attaque aux bas — un accessoire que les trois filles supprimeront par la suite. Se remémorant quelques strip-teases vus à la télévision, elle déroule doucement ses deux bas, l'un après l'autre, avec le mouvement de jambe adéquat ! Ensuite, c'est au tour du soutien-gorge, bretelle par bretelle. Tout ça en se déhanchant pudiquement ! En fait, elle se sent tout sauf sexy. En plus, elle n'a qu'une envie, que la chanson se termine, que tout soit fini. Mais elle n'en est qu'à sa première apparition...

La voici très en avance sur son déshabillage par rapport à la musique, donc elle fait traîner en se trémoussant bêtement. Elle arrive enfin au point critique : enlever la petite culotte. Si elle avait été une vraie pro, elle aurait eu le matos nécessaire, c'est-à-dire des culottes avec du stretch de chaque côté, ce qui facilite élégamment la tâche. Là, non. Donc elle entreprend de faire descendre très maladroitement le dernier élément qui la sépare de la tenue d'Ève. Hélas ! La petite culotte reste accrochée à un talon, elle manque de tomber, se rattrape de justesse à la chaise, genre « comme si de rien n'était ». Et elle danse, tournant plutôt le dos à la salle, attendant la fin du disque. Là, elle ramasse ses vêtements à toute vitesse, cachant sa nudité avec le pull sous les applaudissements de ces chers gentlemen. Elle disparaît sans saluer dans les coulisses où l'attend Co, qui lui glisse à l'oreille :

– Tu t'en es plutôt bien tirée ! La prochaine fois, te casse pas la tête, on n'en a rien à foutre, ils veulent voir une gonzesse à poil et c'est tout ! Ils sont contents avec ça, donc ne t'arrête pas au détail, fais au plus simple ! C'est à moi... à tout' !

Ouf ! Elle saute dans son maillot de bain et retourne à la parade. Par la suite, la bière aidant, ce sera plus facile, et moins prise de tête surtout !

La séance dure une demi-heure en tout. Pendant qu'une des filles fait son numéro à l'intérieur – cinq minutes à peine, juste le temps du disque choisi –, il faut toujours qu'une autre fasse la parade, le temps de se relayer. Au départ, c'était un peu bordélique mais tout s'organise très vite... À la fin du week-end, les trois filles sont inséparables en ce qui concerne le boulot.

C'est tout de même éprouvant à cause du froid. Le dernier jour, la fièvre. Les journées sont longues, mais dans la bonne humeur. Ce qui l'étonne le plus, c'est cet étrange monsieur qui paye pendant trois jours chaque séance sans en rater une. Il mate le strip-tease, ressort, les regarde danser sur l'estrade, repaye son entrée, et ainsi de suite. Il faut vraiment aimer le côté sordidos et ces strip-teases ! Mais bon...

Pour des bonbons

La campagne est couverte de neige, il fait très froid. Elle vient d'arriver dans ce bled paumé. Elle ne connaît pas les gens qui l'entourent et qui la regardent comme une bête curieuse. On l'installe dans une chaise d'enfant, on lui donne une poupée :

– Si tu la casses, on te tape !

Elle reste des heures sans bouger, serrant le jouet contre son cœur. Puis la grosse dame la prend dans ses bras, et s'adresse à une autre femme qui vient d'entrer.

– Le colis est arrivé !

Elles sortent, traversent une cour et pénètrent dans un atelier où un homme répare un matelas.

– Voilà, elle est arrivée !

L'homme s'arrête, regarde l'enfant, hoche la tête en bougonnant.

– Bonne chose de faite. Allez, il faut que je termine mon travail...

D'un certain âge, il est grand, très maigre, l'air plutôt antipathique. Elles reviennent dans la maison, on la remet dans la chaise, sans la poupée. Elle regarde alentour, ne comprend pas qui sont ces gens. Va-t-elle retourner d'où elle vient, dans ce lit à barreaux blancs où on la laissait toute la journée seule avec ses couches trempées ?

La nuit tombe. Une fille un peu plus âgée arrive, la regarde méchamment et demande à la grosse :

— Maman, c'est elle qui va vivre avec nous ?

— Oui, on nous l'a apportée en début d'après-midi.

— Mais elle n'est pas française, elle a une drôle de tête ! Je ne l'aime pas.

— T'inquiète pas ma chérie, elle a intérêt à se tenir à carreaux, je vais la mater et vite fait ! Encore heureux qu'on est payé pour s'occuper de ces gosses-là, sinon je m'en passerais…

La dame a préparé la soupe et mis la table. Le mec arrive, accompagné d'une fille un peu plus âgée que la précédente. Elle dévisage l'intruse d'un air dédaigneux et dit à sa mère :

— Je ne veux pas qu'elle soit à côté de moi à table !

Tout le monde s'installe autour de la table et commence à dîner. Elle les regarde, elle ne sait pas manger avec les couverts. Elle attend que quelqu'un vienne la nourrir, elle reste là, bouche ouverte. Ils se tournent vers elle d'un air dégoûté.

– Qu'est-ce qu'elle a à ouvrir le bec comme ça, elle ne sait pas manger seule ? s'exclame l'homme.

La dame se lève en poussant un long soupir.

– On nous envoie des débiles, on aura tout vu !

Elle prend la cuillère et lui donne à manger tout en essayant de lui apprendre, mais la patience n'est pas son fort. La petite comprend d'instinct qu'elle devra faire des progrès rapides. L'atmosphère est si hostile… À partir de maintenant elle ne pourra compter que sur elle-même.

Après le dîner, on la couche dans une chambre, toute seule. Il n'y a pas de chauffage, elle a froid, elle a peur. Mais fatiguée, elle s'endort rapidement dans sa nouvelle maison.

De sa petite enfance, elle n'a pas beaucoup de souvenirs. Elle se rappelle ce premier jour avec précision, et plus loin encore un lit à barreaux blancs, la sensation d'être trempée sans cesse… Avant, c'est le néant. Elle se souvient aussi qu'à partir de ce jour, elle se fait taper souvent pour des raisons qu'elle ne comprend pas. Peut-être parce qu'on ne l'aime pas et que c'est une raison suffisante pour frapper quelqu'un. Dès le départ, on lui a dit qu'elle mangeait trop par rapport à ce qu'elle rapportait. Elle ne sait pas ce que ça veut dire, elle sait juste qu'on a diminué les rations, jamais elle n'a le droit de prendre deux fois du même plat. Ça, elle n'a pas oublié...

Cinq années passent lentement dans cette ambiance d'hostilité totale, avec cette faim qui lui ronge l'estomac bien souvent, ces Noëls où elle regarde les deux filles déballer leurs cadeaux devant le sapin. Au pied de l'arbre, on lui a enseigné les prières. Une des deux filles lui a appris le « Notre Père » et le « Je vous salue Marie », avec en supplément quelques claques chaque fois qu'elle se trompait.

Ils ont un chien qui s'appelle Capi, bâtard comme elle. Le seul cadeau qu'elle a reçu depuis qu'elle vit dans cette famille, le chien a eu le même : un martinet ! Un bâton au bout duquel sont clouées de fines lanières de cuir... Un chef-d'œuvre fabriqué par le mari en personne et inauguré séance tenante. Sur elle. Et sur le chien. Elle l'aime bien ce clebs, c'est son seul pote, même s'il est devenu un peu son souffre-douleur.

Le soir, dans ses prières, elle demande souvent au petit Jésus de ne pas la laisser plus longtemps sur cette terre. Par la force des choses, elle qui n'est pas baptisée est devenue très croyante. On l'oblige à aller à la messe tous les dimanches, bientôt elle va aller à l'école et au catéchisme.

Maintenant qu'elle grandit, on l'initie aux tâches ménagères : laver par terre avec la serpillière, balayer, faire la vaisselle, rentrer le bois, chercher l'eau au puits... Désormais elle n'a plus le temps de s'ennuyer, dans une ferme l'emploi du temps est chargé ! Résignée, elle s'exécute, espérant un peu d'amour.

Une des filles, la plus jeune, joue quelquefois avec elle, mais l'aînée la hait littéralement. Malgré tout, elle continue à espérer qu'un jour peut-être on l'aimera un petit peu, qu'on arrêtera de lui dire des choses méchantes, qu'on ne la frappera plus, et qu'elle mangera à sa faim.

Elle se rappelle un « quatre heures » où sa nourrice distribuait les tartines de confiture... Ses filles en étaient à leur deuxième, elles en redemandaient même une troisième. La petite avait si faim qu'en voyant l'aînée s'apprêter à croquer la tartine, elle lui prit le bras et le mordit à pleines dents, jusqu'à ce que l'autre lâche le pain recouvert de confiture. Bien sûr, cela lui valut quelques coups de martinet. Au lit sans soupe ! Mais elle était fière d'elle malgré tout, sans vraiment savoir pourquoi, puisque à l'arrivée tout se retournait contre elle.

Puis ce fut l'école. On la réveillait tôt afin qu'elle fasse le ménage de toute la maison avant de partir. Le soir elle n'avait pas le temps de faire ses devoirs, elle devait rentrer le bois, chercher l'eau, aider à traire les vaches ou les ramener du pré, porter le lait à certaines vieilles du village. Au printemps, ce qu'elle préférait c'était laver le linge à la rivière, après l'avoir fait bouillir dans une lessiveuse sur le poêle. Les femmes du village étaient là avec leurs enfants, leur planche, leur tapette, l'ambiance était gaie et ça finissait régulièrement en baignade. La nourrice la laissait s'amuser un peu avec les autres enfants.

À l'école, pas terrible : la maîtresse raciste a interdit aux autres enfants de jouer avec la nouvelle sous peine de punition. Elle se retrouve encore seule... Décidément, pas de bol !

Au catéchisme le curé lui dit que, comme elle n'est pas baptisée, elle vient du diable et quand elle mourra elle n'aura pas de ticket pour entrer au ciel. Ce à quoi elle a répondu :

— Ce n'est pas grave, je prendrai un aller-retour, ce sera plus simple !

En fait d'aller-retour, elle se l'est pris dans la gueule !

À la maternelle, il n'y a pratiquement pas de devoirs, heureusement. Elle aime l'école, en dehors d'une certaine maîtresse. Un matin, on la réveille tôt, comme d'habitude, et elle n'arrive pas à se lever. La nourrice constate qu'elle est brûlante.

— Eh merde, ça coûte de l'argent en plus ! Faut que ça tombe malade et que j'appelle le toubib !

Le doc diagnostique une grosse bronchite, elle doit garder le lit pendant une semaine. Elle est ravie, elle va pouvoir se reposer un peu. Les trois premiers jours elle ne fait que dormir, on lui a apporté un peu de soupe mais elle n'a rien pu avaler, la fièvre a pris le dessus. Il y a longtemps qu'elle n'a pas dormi autant... Elle délire, et fait constamment le même cauchemar : elle grimpe sur un poteau télégraphique et, lorsqu'elle arrive tout en haut, elle met sa main afin de se hisser, mais au même moment un serpent la pique, elle se réveille en hurlant. À chaque poussée de fièvre, les mêmes images reviennent ! Elle a aussi des hallucinations, elle essaie de se lever deux fois. Deux fois, elle s'évanouit à peine debout, elle voit la pièce se remplir d'eau. Plouf ! plus personne. Bien des années après, à chaque fièvre importante, ce seront les mêmes cauchemars, les mêmes hallus...

Le quatrième jour, elle va mieux, quoique très faible. La thénardier pour lui faire peur a inventé une drôle d'histoire de loup. Beaucoup plus tard, elle devait comprendre toutes les astuces de la matrone. Celle-ci profitait de la fièvre pour mettre en place son stratagème. Elle prenait le chien dans ses bras, le montait dans le grenier, où elle rangeait un col de fourrure en renard. Elle disait au chien de redescendre afin que la petite entende les pas du « méchant loup » qui habitait dans le grenier. Ensuite, dans l'entrebâillement de la porte, elle coinçait la tête du renard, et derrière la porte disait :

– Le loup est là, si tu bouges il va te bouffer !

L'enfant était pétrifiée de peur dès qu'apparaissait la gueule de l'animal. Elle l'avait entendu descendre du grenier, maintenant il était là prêt à la dévorer, elle osait à peine respirer. Mais aujourd'hui le loup est remonté dans le grenier, tant mieux. Six jours qu'elle est tranquille dans son lit, elle voit juste la nourrice qui vient lui apporter de la soupe et ses médicaments, sinon aucune visite. Les journées deviennent longues, mais elle possède une imagination qui l'emmène dans de lointaines contrées. L'évasion...

Le septième jour on l'autorise à se lever. La nourrice doit s'absenter l'après-midi, elle l'a confiée à son mari, bourrelier, qui s'affaire dans son atelier, sur un matelas qu'on lui a commandé. Elle s'installe sur un tabouret, regarde cet homme travailler. Très vite, elle s'ennuie. On frappe à la porte, une voisine entre. Le mari brandit l'aiguille avec laquelle il achève le bourrelet du matelas, et la plante à l'endroit où on l'a interrompu. Il va vers la bonne femme, ils se mettent à discuter.

La gamine se lève, elle est si petite qu'elle n'arrive pas à la hauteur du matelas. Personne ne fait attention à elle. Elle prend un tabouret, le traîne près du matelas, grimpe dessus. Elle est fascinée par cette aiguille plantée dans le tissu. Elle appuie, l'aiguille s'enfonce d'un centimètre. Elle appuie un peu plus, se disant que si le chas disparaît, il lui suffira de presser de chaque côté et l'aiguille ressortira, comme ça elle pourra s'amuser. Elle hésite, l'aiguille n'est pas complètement enfoncée. Elle se décide, appuie lentement jusqu'à ce que celle-ci disparaisse entièrement. Elle applique ses deux petites mains de chaque côté du petit trou laissé dans la toile, mais rien ne ressort. Elle recommence. Rien. Elle a peur, elle vient de faire une grosse bêtise. Pour moins que ça elle se ramasse des raclées, alors là elle préfère ne pas y penser !

Elle descend du tabouret, regarde, ils sont toujours en train de parler. En silence, elle remet le siège à sa place, retourne où elle était avant l'arrivée de la voisine. Elle ramasse un vieux catalogue qui traîne, et feuillette les pages. La visiteuse s'en va, l'homme revient, se penche à l'endroit où il se souvient s'être arrêté. Plus d'aiguille. Il cherche partout, regarde par terre, ne comprend pas. Il va vers elle, lui demande si elle a touché à l'aiguille. D'un air innocent, elle lui dit non, il reprend ses recherches. Avec un malin plaisir, elle le suit du coin de l'œil. Pour toutes les baffes, les coups qu'il lui a filés, c'est bien fait pour sa gueule ! Il remue tout l'atelier, balaie, fait minutieusement le tour du matelas, il est pourtant sûr d'avoir planté l'aiguille à cet endroit.

Il est très embêté, dans quatre jours il doit remettre cette commande, il ne peut pas prendre le risque de livrer si l'aiguille est à l'intérieur, les clients se piqueraient Il a des soupçons vis-à-vis d'elle, il lui pose dix fois la question. Négatif. Doit-il défaire le matelas ? Quel travail ! Pourtant, le coup de balai ne donnant rien, les soupçons se confirment... cette aiguille n'a pas pu disparaître comme ça ! Mais elle continue à nier. Tour à tour, lui, sa femme répètent la même question.

– C'est toi qui a touché l'aiguille ? Dis-nous, on te fera rien, on te touchera pas, c'est promis !

Des heures d'interrogatoire pendant deux jours. Elle s'enferme dans son mutisme. Elle a à peine six ans, pourtant elle est déterminée. Elle sait que si elle avoue, eux ne tiendront pas leur promesse, elle aura droit au martinet et tout le bataclan, le lit sans becqueter, etc. Elle a peur, elle sait qu'elle a mal agi, mais s'ils ne la frappaient pas pour un oui pour un non, dès le début elle leur aurait dit la vérité. Elle ne voit qu'une solution, nier, ils n'ont aucune preuve.

Le matin du troisième jour, il a pris la décision de défaire tout le travail en commençant par l'endroit où il pense avoir laissé l'aiguille. Il fait une ultime tentative, il prend la gamine sur ses genoux et lui dit :

– Écoute, si tu me dis que c'est toi ça restera un secret entre nous, je ne le dirai à personne, et en plus je t'achèterai des bonbons, plein de bonbons ! Tu aimes ça, non ? Tu n'en as presque jamais... Tu imagines un paquet pour toi toute seule !

Ce qu'il peut être gentil... Jamais il ne l'a prise sur ses genoux, sinon pour lui filer des raclées !

Peut-être qu'il sera toujours gentil maintenant… « Moi qui n'ai jamais de bonbons, il veut m'en acheter… peut-être que je dois lui dire que c'est moi, ça lui évitera de chercher et de défaire tout le matelas », pense-t-elle naïvement.

– Alors tu me dis ?

Il l'embrasse sur la joue. Jamais de sa vie il n'a montré tant d'attention pour cette gamine, ce n'est pas sa fille… Elle est touchée par ce geste. Il doit être sincère, il tiendra sa promesse, il ne la tapera pas, c'est sûr, il lui achètera un paquet de bonbons… C'est décidé, elle va lui dire ! Elle hésite encore un peu, puis elle se lance.

– Oui, c'est moi qui ai enfoncé l'aiguille dans le matelas mais je ne voulais pas mal faire, je pensais que je pouvais la ressortir en appuyant…

Elle n'a pas le temps de s'éterniser dans les détails. Déjà il se lève en la tenant, son visage a changé. Elle comprend qu'elle aurait mieux fait de la boucler. Il chope le martinet accroché au mur, lui soulève la robe, lui pose la culotte. Il se met à taper furieusement malgré les cris de la petite. Il ne s'arrête qu'à bout de forces, les fesses de la gamine sont en sang. Il appelle sa femme et lui dit :

– Mets ça dans la chambre, je ne veux pas la voir aujourd'hui, tu ne lui donnes pas à bouffer jusqu'à demain, ça lui apprendra à mentir pendant deux jours ! Tu la laisses dans le noir, et fais descendre le loup !

Dans le noir elle pleure, elle a mal aux fesses et elle a peur. Elle entend le loup descendre… ça y est, il arrive ! La porte s'entrouvre, il passe la tête dans l'entrebâillement, il la regarde de ses yeux brillants. Elle tourne la tête pour ne pas le voir, elle a très très peur. Qui viendra à son secours ? Ces gens ne sont pas ses parents ! Des parents, elle n'en a pas… Pourquoi elle n'est pas comme les autres mômes ? À l'école, il n'y a qu'un garçon qui, comme elle, n'a pas de parents et qui se fait tabasser tout le temps. Quand une bêtise est faite, c'est toujours lui le coupable… Personne ne veut jouer avec lui, et ils ne peuvent même pas s'amuser ensemble, c'est interdit ! Qu'est-ce que ça veut dire « être à la DDASS » ? Pourquoi elle doit appeler cette horrible bonne femme « nourrice » ? Pourquoi elle a cru son vilain mari pour les bonbons ? Peut-être que le petit Jésus l'a punie de sa gourmandise, de sa bêtise. Peut-être qu'ils ont raison, après tout : elle est une petite fille méchante qui a le démon en elle, une bonne à rien, une va-nu-pieds.

« Oh ! puis merde, je penserai à tout ça plus tard, je vais dormir si je peux, je vais me sauver dans mes rêves ! Et un jour je me sauverai de cette maison, un jour… »

Pantin désarticulé

Dans la France profonde, au centre de la Nièvre, un petit village, Remilly. C'est ici que Sylvie est née. Ses parents sont fermiers. Elle est l'aînée de cinq sœurs et deux frères. Un peu fatigant d'être la plus grande, il faut s'occuper des plus petits, pas toujours drôle. Le droit d'aînesse a bien des désavantages. Dès qu'il y a une connerie de faite, qui doit rendre des comptes et montrer le bon exemple ? C'est prétexte à s'en prendre plein la gueule pour pas un rond ! Sans compter que dans cette grande ferme, il y a toujours du boulot...

Ce qu'elle aime, en dehors de sa famille, c'est étudier. Elle a dix-sept printemps et prépare son bac. Elle aime se plonger dans ses bouquins, écrire des poèmes, peindre ce qui l'entoure. Elle est douée naturellement dans tout ce qu'elle entreprend. Depuis peu, elle a rencontré une petite fille de la DDASS. Elle la sent si malheureuse et si seule qu'elle s'est complètement investie dans leur relation. Elle éprouve une tendresse toute particulière pour cette gamine, devenue très rapidement une confidente de première classe. Toutes deux se sont reçues cinq sur cinq, à travers les mots, à travers leur amitié, et les choses que l'on n'arrive à dire qu'à moitié lorsque la pudeur impose le silence. L'aînée ne saura jamais combien cette fillette l'a aimée...

Malgré les responsabilités, Sylvie a tout pour être heureuse. Elle est tombée raide dingue d'un garçon au lycée, qui l'aime en retour. Il envisage même de l'épouser. Mais elle est désemparée, elle ne sait que faire...

Le drame a commencé l'année de ses quatorze ans, un soir comme les autres... Il est tard, tout le monde dort, mais elle n'arrive pas à trouver le sommeil. Soudain la porte de sa chambre s'ouvre, elle sursaute, elle reconnaît l'ombre de son père, ce qui la rassure. Pourtant au fond d'elle, une peur incontrôlable l'envahit. Il s'approche de son lit, s'aperçoit qu'elle ne dort pas. Il lui chuchote de ne pas faire de bruit, soulève les couvertures et se glisse auprès d'elle. Il n'a jamais fait ça auparavant, pourquoi ce soir ? La main de son père commence à la caresser, elle a juste un peu de poitrine. Il lui relève sa chemise de nuit. Elle a envie de hurler. Mais c'est son père, il ne peut pas lui faire de mal, jusqu'à maintenant il a toujours été gentil, en dehors de quelques claques. Que fait-il ? Mais que fait-il ? Il se met sur elle. Elle sent quelque chose de dur sur son ventre, elle essaie de se dégager, de se débattre. Il est beaucoup plus fort, elle ne peut rien contre lui, il l'écrase de tout son poids, sa respiration est de plus en plus rapide. Brutalement, il lui écarte les cuisses. La douleur est telle que tout chavire, elle sent en elle un va-et-vient, c'est l'horreur ! C'est en elle, elle a mal, elle ne veut pas ! Impuissante, submergée par un dégoût immense, elle a envie de vomir, elle étouffe, une main est plaquée contre sa bouche. Après un râle, une voix lui murmure :

– Si tu parles de quoi que ce soit, je te tue !

Puis le néant, l'ombre est partie. Mais le cauchemar continue, elle se sent sale... Elle se lève, se dirige vers la salle de bains, elle saigne. Elle se lave les mains en pleurant mais elle se sent souillée à jamais...

Sans faire de bruit, elle regagne sa chambre. Combien de temps s'est-il écoulé depuis l'apparition de cette silhouette dans le noir ? Très peu... une éternité. Une éternité infâme, faite de répulsion et de honte. Son père... pourquoi ? Elle s'assoit au bord de son lit, tout au bout, elle ne veut pas se recoucher dans ces draps dégueulasses. Elle n'est pas très au courant des rapports sexuels mais elle sait que son père n'avait pas le droit. Elle reste là, prostrée, sanglotante, avec son dramatique secret. Que faire désormais ? Elle a peur de lui. Il lui a demandé de se taire, il est capable de tout, elle le sait. Elle est sa fille, elle ne peut rien dire. Demander de l'aide... mais à qui ? Non, elle ne sait plus, elle est sous le choc ! Des questions sans réponses se bousculent dans sa tête, le temps s'est arrêté, elle aimerait mourir ! Elle reste dans ses pensées jusqu'au lever du jour...

Elle se prépare pour le lycée, entre dans la cuisine, tout le monde est là, à la table du petit déj. Son père est assis à sa place, il déjeune avec toute la famille.

— Bonjour ! dit-elle d'une petite voix.

Sa mère est enceinte jusqu'au cou. Comme si de rien n'était, son père la regarde. Elle fuit ce regard. Elle s'assoit.

— Tu as mal dormi ? lui dit sa petite sœur. Tu fais une drôle de tête !

— Oh ! J'ai lu un peu tard, répond-elle, sans lever le nez de son bol.

Elle n'arrive pas à avaler quoi que ce soit.

— Tu ne manges pas ? s'étonne sa mère.

— Non, je n'ai pas très faim, et puis je suis un peu en retard. Je dois y aller, à ce soir !

D'un pas pressé, elle s'en va.

Elle le hait.

À partir de cette fameuse nuit, sa vie est un enfer. Elle se réfugie dans ses études pour échapper à ses nuits. Quand elle peut, elle dort avec une de ses sœurs. Mais chaque soir où elle couche seule dans sa chambre, elle n'arrive pas à s'endormir, elle écoute le moindre bruit avec la peur de le voir arriver.

Cinq fois encore sa peur fut justifiée, et le cauchemar recommença, sa haine grandissant au fur et à mesure que les années passaient. Le père, qu'elle aimait à l'époque où toute la famille était unie, devint le monstre qui lui avait volé son insouciance, qui lui avait pris de force son enfance et avait brisé pour toujours ses plus jolis rêves en la déshonorant. Elle ne lui pardonnerait jamais, il lui faisait horreur.

Depuis la rencontre avec cette petite fille, elle se sent moins seule dans son malheur. Elle se sent mieux comprise, peut-être parce que la pauvre gamine a l'air de morfler aussi ! Elle lui a tout confié, tout, un jour où elle ne pouvait plus garder pour elle seule ce trop lourd secret, et depuis elles n'en ont plus jamais parlé. Dès qu'elles peuvent, après l'école, elles ont l'habitude de se retrouver dans la grange. Elle se sent comme une sœur, une mère, pour sa jeune amie infortunée. Elle lui a parlé de ce jeune homme dont elle est amoureuse. Il lui arrive de penser : « Que peut comprendre à tout ça une petite de neuf ans ? » Pourtant, pendant ces moments de confidences, ses idées morbides s'estompent, elle revit un peu…

Mais elle supporte de moins en moins cette situation. Cet amour tout nouveau, pur, sincère... comment imaginer un commencement ? Jamais elle ne pourra lui révéler son terrible secret, elle l'aime trop. Elle est condamnée, maudite à ses yeux ! Elle ne se supporte plus, elle ne pourra jamais se présenter à lui dans ces conditions. Son rêve de rester pure pour celui qu'elle aime... Cet amour impossible... Son monstre de père qui a foutu toute sa vie en l'air, elle ne peut l'accepter ! Ce n'est même plus une histoire de révolte, elle a beaucoup réfléchi depuis cette rencontre amoureuse. La vie était à peine supportable avant, elle avait fait avec : les livres, la peinture avaient une grande place dans son désespoir. Aujourd'hui c'est fini, elle a pris une décision...

Elle va retrouver sa copine. Ce soir, elle est particulièrement triste. Elle ne parle pas beaucoup, juste de celui qu'elle aime. Au moment de se séparer, elle la serre fort dans ses bras, lui demandant les larmes aux yeux :

— Tu ne m'oublieras jamais, tu me promets ?

— Je t'aime, lui répond l'enfant, je suis là... Je n'aime pas te voir comme ça. Demain, je pourrai rester plus longtemps, maintenant je dois aller rentrer le bois. Heureusement que tu existes, sans toi la vie serait si triste..., ajoute-t-elle en se blottissant dans ses bras. Allez, je file !

Elle regarde cette fine silhouette disparaître, avec un pincement au cœur...

Sylvie rentre dîner avec ses frères et sœurs, toute la famille. Elle les regarde tous un par un, mais pas un regard pour lui. Ce soir, elle ne voit que les personnes aimées, elle est d'humeur gaie, elle n'a plus peur... Le repas terminé, ils aident leur mère à débarrasser la table, à faire la vaisselle. Lui lit son journal. Elle les embrasse tous très fort, passe à côté de lui sans un mot.

– Tu ne me dis pas bonsoir ?

Sa question reste sans réponse. Elle s'enfuit dans sa chambre. Bientôt la maison est silencieuse. Elle attend, ouvre sa fenêtre, l'enjambe et se fond dans la nuit.

L'aube se lève, le chant du coq résonne. Le père se réveille en sursaut. Il doit aller voir les bêtes. Il s'habille et lentement se dirige vers la grange. Il ouvre la porte, se fige. Au bout d'une corde, pantin désarticulé. Il s'approche doucement. Elle a laissé un mot :

« J'aimerais que sur ma tombe soit gravé ceci, ce sont mes dernières volontés : "Je ne sais pas pourquoi je suis née, mais je sais pourquoi je suis morte." »

L'affreux jojo

Son métier : mettre les gens à la porte de leur maison, détruire les immeubles, reconstruire, et se faire du blé. D'ailleurs ça marche, il est riche à crever ! Rond, petit, chauve, vieux, portant des lunettes, c'est le type même du gros porc. Sans scrupule, sournois et assassin.

Son trip : sauter des petites jeunes paumées de seize ans. Il est marié et père de trois grands enfants dont l'aînée a vingt-deux ans. Sa femme n'est pas au courant de ses aventures, elle bosse dans ses bureaux et élève ses mômes. Il entretient son vice à coups de billets de cinq cents balles. Il a une fille qui rabat pour lui. Ses proches savent que, tous les mercredis, il transporte une grosse somme d'argent dans une mallette noire, qu'il remet à de mystérieux intermédiaires, lors de rendez-vous secrets.

Elle veut absolument le rencontrer. Il y a un an, son frère est tombé entre ses mains, le salaud lui a fait sa première et dernière piquouze qui s'est terminée en overdose. Il en est mort. On l'a retrouvé sur un banc, dans la rue... On n'a jamais rien pu prouver. Depuis peu elle connaît la vérité, un copain de son frangin qui était présent ce jour-là lui a tout raconté, il a fini par avouer aussi que l'immonde avait acheté son silence. Elle lui a juste demandé de l'aider à entrer en contact avec sa belle rabatteuse. Elle a dix-sept ans, elle devrait faire l'affaire ! Cheveux courts, blonde, toujours habillée comme un garçon, très mince, avec un visage enfantin, de grands yeux bleus... D'après ses renseignements, elle correspond tout à fait au goût de ce bon père de famille.

C'est fixé. Demain, elle a rendez-vous avec Isa, l'entremetteuse, qu'elle vient d'avoir au téléphone. Elle a juste précisé qu'elle appelait de la part de Jimmy — cela doit être un code —, et aussitôt Isabelle sur un ton sympathique lui a filé rencart pour le lendemain.

Bottes à lacets, minijupe, petit manteau en velours vert bouteille, les cheveux savamment ébouriffés, elle se regarde une dernière fois dans la glace. Elle sourit, satisfaite de l'image que lui renvoie le miroir. Elle tient à être ponctuelle à son rendez-vous. Onze heures, elle commande un jus de tomate au bar du *Doyen*. Une grande fille brune, les cheveux longs, arrive et se dirige vers le bar. Isa lui tend la main.

— Salut, c'est moi Isabelle !

Elle demande au serveur de lui apporter « la même chose » avant de poursuivre :

— Tu as quel âge ?

— Dix-sept ans, je suis étudiante, je n'habite plus chez mes parents, je vis seule, et je suis dans la merde question blé ! Jimmy m'a dit que tu pourrais peut-être m'aider, alors je t'ai appelée. Je tiens à te préciser c'est la première fois, je n'ai jamais eu recours à ce genre de méthode... Si j'ai bien compris, on n'est pas obligée de passer à la casserole. De toute façon, c'est hors de question !

Isa l'écoute, amusée.

— T'inquiète pas, il ne faut surtout pas passer à la casserole ! S'il tombe amoureux de toi, et tu as toutes tes chances, il ne faut surtout pas qu'il te touche. Plus tu le laisses mariner, plus tu lui tireras de blé. Juste quelques conseils de pro, ça reste entre nous surtout ! Moi, je lui présente des mecs et des filles, il me file l'oseille, mais moins je vois sa gueule mieux je me porte, tu comprendras quand tu le connaîtras un peu... d'ailleurs à midi il va arriver pour déjeuner. Je n'ai pas perdu de temps, les affaires sont les affaires ! Donc on attend ici qu'il rapplique, ensuite on fait les présentations, on déjeune, et on se tire avec un minimum de mille balles dans la poche, ça te va ?

— Oh, parfait pour un déjeuner !

Elles éclatent de rire.

Pendant cette attente, elles deviennent copines. Isa ne fait aucune allusion à son frère. Apparemment Jimmy a bien fermé sa gueule, Isa n'est pas au courant du lien de parenté... Donc, pour Isa, c'est juste une petite michetonneuse de plus qui a besoin de fric. C'est mieux ainsi, ça fait moins règlement de comptes. Elle changera son nom comme elle a déjà fait pour son prénom, pas de rapprochement possible.

Tiens, tiens, d'après la description ça devrait être lui qui arrive ! Effectivement, un petit vieux s'approche. Il est accompagné d'un mec, la cinquantaine, les cheveux gris, très fonctionnaire, sans doute pour faire « déjeuner de travail ». Une couverture, en somme...

– Bonjour, André, dit Isa, je te présente ma nouvelle copine ! Vous êtes en retard...

Déjà il ne l'écoute plus, son regard ne quitte pas la nouvelle recrue. Timidement elle lui dit un vague bonjour, elle ne se sent pas très bien. Ça va passer, un peu de self-control et tout ira bien. Elle voulait le rencontrer, eh bien voilà, il est devant elle, ce salaud ! Certainement un habitué de la maison : on lui réserve toujours la même table, ça se voit... Elle relève quelques petits détails de ce genre, puis essaie de suivre la conversation. Quel vieux con, en plus il veut avoir de l'humour !

– C'est très drôle, n'est-ce pas, j'ai l'impression de vous connaître depuis longtemps, pas vous ?

— Non, pas du tout, c'est juste une impression que vous avez !

— Une très bonne impression, je peux vous l'assurer… Et si on se tutoyait ?

— Faites-le si vous le sentez, moi je mets plus de temps, ça me plaît de vouvoyer au départ. D'ailleurs, il y a des gens que je n'ai jamais pu arriver à tutoyer !

Le déjeuner se déroule sur le même ton, très banal. Elle reste froide. Elle sent que ça ne lui déplaît pas, bien au contraire. Il fait partie de ceux qui aiment ramer ! Le déjeuner touche à sa fin.

— En venant ici, j'ai vu un super manteau chez Dior, dit-elle en lançant un coup d'œil complice vers Isa. Tu aimes ce qu'ils font ?

— Ça dépend, parfois ils font des choses bien…

— Ah oui, je n'aime pas tout non plus !

Il sort vulgairement une liasse de pascals, compte rapidement cinq mille balles, et lui tend.

— Je peux vous l'offrir ?

D'un air offusqué, elle le regarde.

— Mais comment ? Nous ne nous connaissons pas suffisamment, je ne peux pas accepter ! D'ailleurs qu'est-ce que vous vous imaginez, là, avec votre fric ?

Elle prend les billets et les lui jette à la gueule.

— Gardez votre blé !

Elle se lève et fait mine de partir. Désemparé, il ramasse ses biftons et la poursuit.

— Je veux vous revoir. Je veux absolument vous revoir, ne partez pas !

Au fur et à mesure il rajoute de l'argent et lui montre qu'il a rajouté mille, deux mille, quatre mille... enfin le genre de mec très délicat.

— OK, vous voulez vraiment me revoir ! Excusez-moi, j'ai quelques problèmes en ce moment, je suis nerveuse... la prochaine fois soyez plus discret avec l'argent, je n'aime pas me donner en spectacle, vous comprenez ? conclut-elle.

Elle met l'argent dans son sac, puis s'adresse à Isa :

— Tu lui fileras mon phone. Tu peux me déposer ? Je suis à la bourre pour mes cours...

Isa accepte, ravie de la proposition.

— Ai-je droit à un petit bisou ? lui demande-t-il, gloussant déjà.

Très pudique, elle lui dépose vivement un baiser sur la joue, où il garde l'empreinte de sa bouche au rouge à lèvres. Isa et elle partent, elles ont envie de rire. Lorsqu'elles sont certaines de n'être plus dans son champ de vision, elles laissent libre cours à leur hilarité.

— Putain, t'as tapé dans le mille, je ne l'ai jamais vu aussi généreux. T'as fait fort pour une première fois, bravo !

Une fois dans la voiture d'Isa, elle sort l'argent, le jette en l'air.

— Tralalère, tralalère ! Tiens, on partage !

— Ouah, merci, c'est sympa !

Isa est touchée par le geste.

– Mais c'est normal, qu'aurais-je fait sans tes précieux conseils ? On avait une chance que ça marche, et ça a marché. J'accepte de le revoir, à ce prix-là c'est quand tu veux !

– En tout cas, il te dévorait des yeux. Je peux t'assurer qu'il est dingue de toi, complètement dingo. Je le connais, le mec, il n'a jamais filé un bâton comme ça ! Et toi, super, continue dans le même registre, il est maso, il adore que ça résiste !

Elles pouffent en même temps.

– Tu lui fileras mon numéro... Je suis arrivée, je te fais un bisou et on s'appelle.

Elle descend de voiture. Elle est d'humeur plutôt gaie, un déjeuner et hop, cinq mille balles in the pocket ! Pas mal, pas mal, mais elle n'a pas l'intention de s'arrêter là, rien ne sera assez cher pour lui... Elle n'oublie pas son frère. Au déjeuner, elle a pourtant failli tout laisser tomber... À quoi bon, elle se fout de son pognon, elle n'en a pas besoin, rien ne lui ramènera son frangin ! D'un autre côté, elle a envie de le faire payer, de quelque manière que ce soit. Et il va cracher, les pions sont en place, donc on continue la partie...

Dans la soirée, Isa l'appelle pour lui dire qu'elle vient d'avoir le gros porc au téléphone, qu'il est subjugué, qu'il veut la voir demain. Elle ne peut pas, hors de question que cette horreur ambulante vienne la chercher à ses cours ! Donc demain, il l'a dans le baba, ça lui fera du bien. Peut-être après-demain...

— Isa, dis-lui de m'appeler, je te tiens au courant de toute façon ! Salut.

Impossible de se taper cette vision d'horreur tous les jours, elle préfère se ménager. Pour l'instant il n'est pas indispensable d'augmenter la pression : il s'en charge tout seul ! Elle se plonge dans ses livres. Au bout d'un moment, rêveuse, elle se demande ce qu'elle va s'acheter avec tout ce fric. Elle va refaire sa garde-robe, il était grand temps. Plus besoin de se priver pour s'offrir ce dont elle a envie ! Elle va pouvoir faire plein de cadeaux, c'est sa spécialité, elle adore faire plaisir. Bref, le programme à venir ne lui déplaît pas... En première urgence aider ses parents, ça ne va pas fort pour eux depuis l'accident. Son père a cessé de travailler, il n'a pas l'air de vouloir s'y remettre, elle arrivera peut-être à le convaincre de commencer une analyse. Sa mère est en dépression constante, elle est suivie par un psy. Depuis la mort de son frère, toute la famille a basculé dans le néant. Comment justifiera-t-elle cet argent ? Elle dira qu'elle fait des photos de temps en temps. Il est tard, il faut dormir, demain le réveil va être encore difficile. Elle s'endort.

Toute la journée se passe à l'école. À la sortie, avec une copine, elle part dévaliser les boutiques.

Quel bon défoulement ! Elle rentre chez elle avec des paquets plein les mains. Elle met tout dans sa chambre, déballe les sacs, puis devant son miroir essaie les nouvelles tenues une à une. Petit short en jeans avec une série de tee-shirts à encolure bateau et dans des coloris pastel, une robe près du corps pour le soir, quelques paires de chaussures, un manteau noir en velours côtelé comme celui qu'elle a déjà, petit kilt avec béret, etc., elle est ravie de ses achats. Reste deux paquets qu'elle n'a pas ouverts – pour ses parents. Elle se fait couler un bain en chantonnant. Le téléphone sonne. Elle est en train de remplir la baignoire de ses nouveaux produits, elle stoppe net dans son élan, décroche l'appareil.

– Oh, bonjour ! Vous allez bien ?... Moi, ça va à peu près... Quoi, demain ?... C'est possible à douze heures trente, OK !... Pardon... Je vous en prie. Bonsoir !

Quel gros dégueulasse, peu importe les moyens il veut arriver à ses fins ! Très bien. Il me déclare déjà son amour : « Je suis fou amoureux... Depuis que je t'ai rencontrée, le monde s'est arrêté... », les violons classiques, encore un qui manque d'imagination ! Elle se prélasse dans son bain. Demain, elle a un contrôle de maths, elle va bosser ce soir. Elle téléphone à Isa.

– Je le vois pour déjeuner. Tu l'as eu ?... Tu viens ?... Génial, je n'ai pas très envie de le voir seule, c'est un peu tôt pour le tête-à-tête. Ciao.

Le contrôle de maths s'est plutôt bien passé. Elle vient d'arriver dans un resto qu'elle ne connaît pas, avenue des Ternes. Il est là, sourit dès qu'il l'aperçoit. Il est seul.

— Isa n'est pas arrivée ? lui demande-t-elle en lui tendant la main.

— Comment, elle doit venir ? Je ne suis pas au courant.

— Non, je crois qu'elle a décidé au dernier moment de venir nous rejoindre, je lui ai dit qu'on se voyait. Il ne fallait pas ?

— Si, au contraire, j'aime beaucoup Isabelle, c'est toujours un plaisir de la voir !

— Je suis contente que nous soyons du même avis.

— Venez, nous allons nous installer, je suis heureux de vous avoir près de moi, depuis hier je pense à cet instant. Je ne sais pas ce qui se passe en moi, quelque chose a changé, je n'ai jamais ressenti ça pour personne.

Il a l'air sincère, on pourrait presque le croire…

Il lui parle de sa femme, de ses enfants. Il la supplie de le laisser tenter sa chance, prétend que le temps jouera en sa faveur. Il sait qu'on ne peut l'aimer pour son physique mais l'amour triomphe toujours. Il se la joue Roméo et Juliette ! Elle l'écoute.

Enfin Isa arrive, il est grand temps, elle ne savait plus quoi répondre. La rabatteuse prend le relais très habilement. Souvent un regard plein de complicité les réunit. À deux filles on se fait moins chier, c'est plus facile ! En face de lui, elle pense systématiquement à son frère, elle a envie de gerber. Comment peut-on être aussi crade et oser encore parler d'amour ? Ce mec n'est pas clair. En revanche, il veut la sauter à n'importe quel prix ! « Eh bien, raccrochons-nous à cette idée, je ne dois pas laisser le passé prendre le dessus... surtout pas ! » Elle ne sait pas jusqu'où elle a envie de s'investir, il doit payer, un point c'est tout. Il n'aura rien d'elle. Quoi de plus frustrant pour ce type, qui pense que tout s'achète, que de tomber sur une exception à la règle ?

Elle sait aussi que ça ne changera pas la vie de ce salaud, que demain une autre prendra sa place... Au fond, qu'est-ce qu'il en a à foutre ? Non, pour le faire payer, il faut qu'il tombe réellement amoureux. Et c'est tout un travail lorsqu'en face de vous il y a un être qui vous répugne physiquement et moralement ! Il faut aller au-delà de la nausée.

Garder les distances réglementaires, premier principe. Isa va lui filer un coup de main, elle a plus d'expérience en la matière, ça prendra le temps qu'il faudra...

En moins d'un mois, le gros con est complètement largué. Dépressif à souhait, il pleurniche au téléphone, il l'aime, se dit prêt à divorcer. Ce n'est plus une nuit qu'il veut passer avec elle mais le restant de ses jours. Ça y est, il est à point, elle va bientôt lui balancer qui elle est et tout le reste dans la gueule, avec un petit chantage en prime. Parfois le destin fait bien les choses...

C'est un mercredi comme les autres, Isa et elle ont déjeuné avec l'affreux. Sa femme n'étant pas là, il les invite à passer prendre un verre chez lui à Boulogne. Elles se regardent... pourquoi pas ? Comme tous les mercredis, il a sa fameuse mallette noire, elles ne savent pas si elle est pleine ou non. Quand ils arrivent à son domicile, il a à peine ouvert la porte du petit jardin qu'un immense chien-loup surgit et bondit. Elle a toujours eu peur des chiens-loups.

– Au pied, couché Lido !

Le chien obéit. La mallette à la main, le gros porc ouvre la porte de la maison, leur demande de s'installer. Il va promener rapidement le chien et il revient, qu'elles se mettent à l'aise. Tout en parlant, il entre dans une pièce, ouvre un placard furtivement, met la mallette, l'enferme, mais ne prend pas la clé du placard, persuadé d'être seul. Elle a tout vu dans la glace. Il sort, prend le chien en laisse et leur dit :

– À tout de suite !

Elle le regarde sortir.

— Vite, Isa, mets-toi à la fenêtre et surveille, je vais dans la pièce à côté vérifier quelque chose !

Elle ouvre le placard, la mallette est là, devant elle. L'a-t-il fermée à clé ? Elle appuie. Clac ! Tout s'ouvre. Les billets sont là... rien que des liasses de cinq cents balles, il doit y avoir dix bâtons à vu d'œil !

— Isa, j'ai trouvé le pognon... comment on fait ?

— Écoute, on fait dans la simplicité, on reste calme, je vais planquer l'argent dans mon pantalon et dans mon sac. Mets ces magazines à la place des billets de sorte que ça fasse le même poids lorsqu'il attrapera la mallette ! Prends-lui bien la tête pour qu'il ne pense pas à regarder dedans avant de repartir. Moi, j'attends son retour, je lui dis que j'ai oublié un rendez-vous super important, je me casse. Il sera tellement content de se retrouver seul avec toi qu'il ne pensera pas à autre chose.

Isa s'active, bourre ses poches et son sac de billets. Sa complice glisse quelques vieux journaux dans l'attaché-case et le remet en place.

— OK, viens dans l'autre pièce ! Tu veux un Coca ? Ne bouge pas et tiens ton sac sinon ça se voit ! J'appelle le taxi.

Elle téléphone.

— Ton taxi sera là dans cinq minutes... ça va aller ?

— Ouais et toi, tu vas te débrouiller ?

— Tu en doutes ? Attention, le voilà : nature !

Le porc et le chien reviennent tout émoustillés par leur promenade.

– Très bien, je vois que vous avez trouvé le bar, merci de m'avoir servi ce verre, c'est gentil.

– Oui, c'est moi... J'ai pensé que vous auriez soif.

Attendri, il la regarde. Isa, debout, n'ose plus bouger, son sac serré sur son ventre.

– Bon, je crois que c'est mon taxi qui arrive, je vous retrouve tout à l'heure. Je file à ce rendez-vous, j'ai complètement oublié, excusez-moi !

Elle part à reculons. Il ne la regarde même pas. Heureusement, car dans sa précipitation Isa a laissé tomber une liasse ! Vite, elle se baisse pour la ramasser, en toussotant pour couvrir les froissements des billets, puis s'en va sans perdre de temps.

Elle entend la portière du taxi claquer, Isa est partie. À elle de jouer maintenant ! Le mieux serait qu'il s'aperçoive de la perte de l'argent le plus tard possible, ainsi ses soupçons se porteront sur plus de personnes. De toute façon, désormais il ne peut plus rien faire, Isa est partie avec le fric, il n'a aucune preuve... et elles s'en moquent.

Elle lui demande de lui parler de cette maison où il la reçoit et qu'elle prétend trouver super. C'est vrai, la maison n'est pas mal, mais la déco à chier ! Il lui fait visiter toutes les pièces, les étages, lui raconte l'histoire de certains tableaux, tout en l'entraînant vers sa chambre. Subitement, il la prend dans ses bras.

— J'ai tellement rêvé de ce moment.

Elle se dégage en se forçant à pleurer.

— Vous ne m'aimez pas, si vous m'aimiez vous ne vous conduiriez pas comme ça ! Comment pouvez-vous agir de la sorte... dans cette pièce où vous avez certainement conçu vos enfants ?

— Ne pleure pas ! Pardonne-moi je n'aurais pas dû... Quand tu es à côté de moi je perds la tête, ne m'en veux pas, à l'avenir je me contrôlerai...

— Je veux rentrer.

Elle descend l'escalier, continuant à pleurnicher. Il la suit, suppliant.

— Je ne fais pas partie de vos vulgaires maîtresses, qui pour quelques billets ne seraient nullement gênées !

Il ne sait que faire, il ouvre le placard, prend sa mallette, et comme un automate se dirige vers la voiture. Cette petite est si sensible, il aurait dû penser à cette fragilité qu'il aime tant chez elle. Il a dû lui faire du mal sans le vouloir, quel imbécile ! Il jette la mallette sur la banquette arrière de la voiture et se précipite pour lui ouvrir la portière. Le Rimmel a coulé sur sa joue, elle ne parle plus. Il n'ose rompre le silence, il ne sait plus quoi dire. C'est elle qui prend la parole.

— Vous avez parlé à votre femme ?

— Non, je n'ai pas eu le temps, mais je vais le faire.

— Comme d'habitude ! Je ne vous crois plus. Il n'y aura jamais rien entre nous tant que vous n'aurez pas parlé à votre femme ! Vous m'aimez, vous m'aimez... moi, je veux des preuves pas des mots ! Je sais... Votre femme n'est pas là. Pourquoi vous ne lui téléphonez pas devant moi, là, maintenant ?

Elle décroche le téléphone de la voiture et le lui tend.

— Appelez !

Il compose un numéro, le visage blême.

— Allô ! Oui, c'est moi, il faut que je te parle ! J'ai demandé le divorce, mon avocat ira voir le tien... Tu n'as pas l'air très surprise, tu t'y attendais ?... Non, je ne suis pas seul, je suis avec elle... Non, je n'ai rien dit encore aux enfants... Bien sûr, tu gardes la maison... D'accord, on voit le reste avec les avocats... Oui je sais, presque tout est à ton nom... Mais tu ne peux pas faire ça, je t'attaque immédiatement !... Allons calme-toi, ne crie pas, je te rappelle.

Il raccroche.

— Ça se passe mal ? lui demande-t-elle.

Puis elle regarde sa montre.

— Merde, c'est con ! Vous êtes en retard à votre rendez-vous, alors déposez-moi ici.

— Mais qu'est-ce qu'on fait maintenant tous les deux ? Je suis libre... Tu m'as demandé d'appeler ma femme, je viens de le faire alors embrasse-moi !

— Chut, vous êtes trop pressé ! Pendant que vous téléphoniez je vous ai écrit un petit mot, promettez-moi de le lire seulement quand je serai descendue, c'est une surprise ! lui dit-elle avec un grand sourire.

– Tu n'es plus fâchée ? lui demande-t-il.

– Non, répond-elle en descendant de la voiture.

Avant de claquer la portière, elle lui tend un mot.

– Salut !

Elle a disparu. Quelle étrange fille, il en est fou... Il déplie le papier, il lit :

« *Marc Beaumont, vous vous souvenez ? Je suis sa sœur. Adieu !* »

Le pavé

Lui est au collège en première, elle en seconde. Ils se rencontrent dans les couloirs. Des regards se croisent, des regards incertains.

Jusqu'au jour où il l'invite à boire un café. Elle aime sa dégaine un peu rétro, d'un autre monde. Elle attend, ravie de l'invitation. Il lui dit qu'il écrit, que son livre sera bientôt publié par une maison d'édition. Elle écoute, lui demande quels écrivains il aime. Il cite Antonin Artaud, elle ne connaît pas, pour l'instant, elle est dans Kafka. Lui connaît déjà, pratique assidûment et entretient le culte. Elle le scrute minutieusement. Son visage est pur. Il est beau, lui sourit. Elle est sous le charme.

– Si tu veux, je te prête ce livre. Ce mec est génial ! Il faut absolument que tu le lises !

– OK ! Ça marche !

Il lui donne le livre, la regarde dans les yeux, intensément, et lui dit en se penchant pour l'embrasser sur la joue :

– Fais gaffe ! Si tu aimes, tu liras tout.

Il s'en va sans se retourner. Pensive, elle le regarde s'éloigner jusqu'à ce que sa silhouette disparaisse...

Rentrée chez elle, elle va dans sa chambre et se plonge dans la lecture. Elle adore ! Elle dévore le livre toute la nuit. Au petit matin, elle a fini, elle s'endort le bouquin à la main. Le réveil sonne. C'est l'heure. Debout ! De bonne humeur, elle se prépare rapidement, met Artaud dans son sac et part à toute vitesse. Elle arrive à son feu rouge, quelques voitures, elle tape au carreau :

— Vous allez dans cette direction ? Oui, merci, c'est gentil !

Depuis un an, elle trouve cette méthode plus facile que le bus. Faire du stop est un bon moyen pour ne pas arriver en retard et surtout pour ne pas marcher. Le chauffeur ne dit pas un mot. Il la dépose devant le lycée.

Elle ne le voit pas, elle entre dans le café, il est là au comptoir.

— Bonjour ! Tu vas bien ? lui demande-t-il.

— En pleine forme ! Un peu fatiguée... Tiens, je te rends ton livre ! Super !

— Merci. Je savais que tu l'aurais lu cette nuit, je t'en ai apporté deux autres : *le Théâtre et son double* et *les Tarahumaras.*

— Merci. Je file, je vais être en retard...

Elle a du mal à se concentrer sur son travail, elle attend surtout que les cours se terminent. Enfin libre. Ils se retrouvent au café et partent dans de longues discussions. Elle boit ses paroles. Il lui montre une photo d'Artaud jeune, elle le trouve sublime. Elle réalise subitement que la personne qui lui parle est habillée de la même façon que sur la photo, avec cet air de poète maudit...

Elle aime l'écouter, regarder ce visage d'ange, sa façon de se tenir. Quand il lui prend la main, elle se sent troublée. Il a réussi, elle est convertie, elle lira tout Artaud, elle promet, il lui prêtera tous ses livres.

Rentrer chez elle et se perdre dans la lecture est un délice. Elle fait abstraction de tout. Aller au lycée devient une joie. Que se passe-t-il ? Serait-elle amoureuse ou est-ce une relation au-dessus de tout ? Les heures où ils n'ont pas cours, ils font de longues promenades main dans la main, tout en parlant de bouquins. Il lui raconte Artaud, sa vie, etc. Elle devine chez lui un mélange entre Kafka et Artaud. Il ne parle à personne au lycée, il est toujours seul sauf lorsqu'il est avec elle. C'est un personnage, elle est heureuse qu'il l'ait choisie. Heureuse.

Un matin, direction école – elle passe toujours devant cette immense librairie, sans prêter vraiment attention –, elle regarde et soudain son regard se fige. Dans la vitrine, juste devant, il y a un énorme livre sur Artaud. Une photo en couverture. Le bouquin est magnifique. Apparemment il vient de sortir…

Jusqu'à l'école, elle ne songe qu'à ça. Il arrive, elle lui dit. Il le sait déjà. Il confirme que c'est un magnifique ouvrage consacré à l'auteur, avec certaines de ses œuvres, ses dessins, sa bio… enfin, la totale.

Désormais tous les matins, elle passe devant, s'arrête, puis repart. Un rituel. Elle n'a pas d'argent pour l'acheter, elle aimerait tant l'avoir. Elle pense à ce livre sans cesse, avant de s'endormir elle voit le visage d'Artaud, au réveil elle sait qu'elle va passer devant la vitrine et s'arrêter. C'est une vraie obsession. Comment faire pour se le procurer ? Elle aimerait tant… Lui n'est pas assez riche pour le lui offrir. Dans sa petite tête d'oiseau sans cervelle, une idée. Elle est tombée amoureuse raide dingue d'Artaud. Oui, elle l'aura, ce livre. Sa décision est prise. Elle n'en parlera à personne. Pas même à lui.

Cette nuit-là, elle ne dort pas. À trois heures du mat, elle se lève, s'habille et sort. En face de la librairie, il y a des travaux. Elle a le cœur qui bat à Mach 2. Elle prend un énorme pavé et de toutes ses forces le balance dans la vitrine. Aussitôt, l'alarme se déclenche. Vite, elle attrape le bouquin, qui est assez lourd, et se met à courir aussi vite qu'elle peut. Déjà elle entend les sirènes de police. Heureusement, elle connaît par cœur le quartier. Elle s'engouffre dans un immeuble et monte les escaliers, s'arrête au troisième étage, s'assoit sur les marches et reste dans le noir, essayant de reprendre son souffle, son self-control.

Jusqu'à l'aube, elle reste assise sur les marches, serrant contre elle son larcin. Heureuse.

Élysée-Mat

Une boîte de nuit branchée. C'est la première fois qu'elle y met les pieds, son agence a organisé une soirée. Jamais elle ne va à ce genre de fête à la con, ce soir exception ! Elle est sur la piste, elle danse au rythme du disco, avec les lumières qui flashent dans tous les sens. Le patron de la boîte l'aborde et lui dit que le monsieur, là-bas, lui ordonne de venir à sa table. Elle regarde dans la direction indiquée, l'étonnement se lit sur son visage. Non mais il se prend pour qui, ce vieux con ?

Elle hausse les épaules, et d'un ton détaché répond :

— Je ne le connais pas, qu'il aille se faire foutre, il n'a pas à me donner des ordres !

Elle se remet à danser comme une folle. Elle est déchaînée, elle aime cette musique. Elle ne veut plus penser, surtout ne pas penser…

Épuisée, elle retourne à sa table où une amie l'attend.

– Ouah, ça fait longtemps que je n'avais pas dansé comme ça ! Je bois un verre avec toi, j'y retourne un peu, ensuite si tu veux, on se tire ! J'ai l'impression que tu te fais chier.

– D'acc, ça marche comme ça ! Tu as raison, je n'ai pas envie de faire long feu ici.

Elle lève la tête. Il est planté là, avec son seau de champagne.

– Salut, le vieux con vient à sa table puisqu'elle ne veut pas venir à la sienne ! Espèce de boudin... tu permets ?

Il s'assoit, la regarde en se marrant. Elle sourit, ce mec a du style. Mieux que ça, il lui plaît ! Et qui plus est, elle n'a pas l'air de lui déplaire...

Les pensionnaires

Il a onze ans. Petit délinquant, il atterrit en pension. Ses parents, n'en pouvant plus et ne sachant que faire, n'ont pas trouvé d'autre solution. Tous les quinze jours, il peut rentrer à la maison, mais de lui-même il a décidé qu'il préférait revenir juste pour les grandes vacances. Il n'aime pas ses parents, ils ne se sont jamais occupés de lui. Son père n'est jamais là, toujours en voyage d'affaires. Sa mère joue aux cartes, du genre absente elle aussi. Ils ont une nette préférence pour sa sœur. Depuis toujours, il en a été très malheureux. Il s'est révolté à sa manière : il en est à sa quatrième fugue. De toute façon, son père lui a toujours dit qu'il serait un bon à rien... Finalement, il est plutôt content d'aller dans cette pension, au moins il ne verra plus leur gueule, déjà ça de pris !

Il a sa valise. Le car l'emmène. Car de ramassage qui s'arrête dans la campagne. Des enfants montent avec leur valise. Certains se connaissent déjà et sont contents de se retrouver.

Après une heure et demie de trajet, le véhicule stoppe devant deux grosses bâtisses, genre immeubles modernes, entourées d'un parc. En bas, tout au fond, des préfabriqués, certainement les salles de classe. Ici, ça va de la sixième à la troisième. Lui est en sixième, il fait partie des petits.

Les filles et les garçons descendent. Des pions sont là, qui les séparent : une maison pour les garçons, une autre pour les filles. Le réfectoire est commun. Il y a un préau couvert sur lequel donne directement le bureau du directeur. Par une grande fenêtre, on voit tout ce qui se passe à l'intérieur. Au-dessus, au premier étage, c'est le dortoir des garçons. Une immense pièce divisée en boxes de quatre lits, couvre-lits bleu roi, lino gris sur le sol, éclairage au néon. Tout de suite en entrant, deux portes : les chambres des surveillants. En dessous, les appartements du dirlo. Facile, comme ça il entend tout ce qui se passe ! S'il le désire, un escalier dans l'axe opposé à la sortie, là où sont les lavabos et les douches, le conduit directement au dortoir.

Dans chaque box, quatre penderies, quatre petits placards. Avant les chambres des surveillants, la cordonnerie, avec des casiers au nom de chaque élève : les pensionnaires posent ici leurs chaussures, les cirent pour le lendemain, enfilent leurs pantoufles avant de passer dans le dortoir. Tout est organisé dans le moindre détail.

Difficile de faire le mur... Les parois sont lisses, rien à quoi s'accrocher. Les fenêtres s'ouvrent très peu, en tout cas pas suffisamment pour laisser passer un corps d'enfant. Elles n'ont pas de rebord. Tout a été bien étudié. Ces bâtisses rendent plutôt claustro, il faut vraiment être rusé pour s'échapper !

Les surveillants montrent à chacun son emplacement. Tout le monde range ses affaires, puis glisse sa valise sous le lit. Les plus grands aident les plus jeunes. Il n'aime pas ses voisins de box. Dans le lit à côté, un petit portant des lunettes, le fayot par excellence. En face, deux gros lourdauds roulant des mécaniques... Ça promet, ils n'ont vraiment pas l'air sympa ! Dans le box de l'autre côté de l'allée, c'est beaucoup mieux, apparemment : deux nouveaux qui paraissent bien dégourdis, et deux grands anciens qui sont en train de se marrer et de déconner.

Aujourd'hui c'est dimanche, demain lundi la rentrée. Le port de la blouse bleu marine est obligatoire, même aujourd'hui. Il se sent un peu paumé, isolé, comme s'il se retrouvait en prison. Il n'a envie de parler à personne, et dans ce vaste dortoir, il constate qu'il n'est pas le seul à éprouver ce sentiment. Il s'assoit sur le lit. Un homme s'approche, les bras chargés d'une pile de draps et de couvertures.

— Fais ton pieu ! lui dit-il, avant de continuer sa distribution.

Au carré, c'est l'armée déjà ! Les surveillants n'ont pas l'air très cool, les mettre dans sa poche doit être toute une histoire, peut-être celui-ci... Bof, on verra bien !

Une sonnerie désagréable retentit, c'est l'heure du dîner. Tout le monde en rang par deux, on descend rejoindre l'autre bâtiment. Les filles sont déjà là, en rang elles aussi, avec leur blouse bleue. Le réfectoire est allumé, ils entrent. Un chef de table leur indique leur place, des tables de huit avec un responsable en bout. Les surveillants et les profs sont installés en retrait. La lumière des néons est aveuglante. Il est dix-neuf heures trente. La bouffe est dégueulasse : de la soupe bouillon Kub au vermicelle, des pâtes à l'eau de vaisselle sans sel et de la cervelle. Ils sont obligés de manger, huit portions par table, ils n'ont pas le choix. Infect ! Il remarque un grand qui met la cervelle dans un mouchoir, il fait de même, il la jettera tout à l'heure dans les chiottes. Il ne peut avaler ça, il a la gerbe rien qu'à regarder ! Il se jette sur le pain, qui est à volonté.

Vingt heures, ils sortent du réfectoire et on les emmène voir les salles d'étude. Vingt heures trente, récré. Il en profite pour se débarrasser de cette cervelle tiède, comprimée au creux de son mouchoir. Vingt et une heures, on remonte au dortoir, on fait sa toilette, il faut faire la queue pour la douche, pour le lavabo ! Extinction des feux trente minutes plus tard. La ronde des pions pour choper ceux qui s'égarent dans le noir, les voix des grands qui se lancent des vannes :

– Lionel, tu dors ? À quoi tu penses ?

Éclats de rire…

– Eh, vos gueules, je veux dormir !

– La ferme, ducon !

Un pion resurgit de sa piaule :

– Bon, arrêtez ce chahut sinon je distribue les sanctions ! Au bout de trois avertissements, vous êtes collés pour le week-end.

Ils sont deux à faire la ronde. Il est dans son lit, au loin on entend un train qui passe, il a du mal à s'endormir. Pendant la récré, il a parlé avec un grand qui l'a mis au courant du fonctionnement de l'établissement. Ça ne rigole pas ici, pourtant c'est plein de petits durs ! Les surveillants et le dirlo ont le droit de vous tabasser, c'est charmant… tout un programme pour les jours, les mois qui viennent ! Lui qui est une vraie tête brûlée, c'est exactement ce qu'il lui fallait. Il doit bien choisir ses potes, essentiel. Pour l'instant il ne connaît personne, il est juste out… Cela dit, il préfère être paumé ici que chez lui ! Demain le réveil à sept heures. Il s'endort en versant quelques larmes, en silence…

Sonnerie, les néons s'allument. Une demi-heure pour se préparer, faire sa toilette, son lit, s'habiller. Tout le monde en bas à sept heures trente, devant le réfectoire pour le petit-déj. Huit heures, en rang dans la cour, on attend l'appel. Aujourd'hui c'est particulier, c'est long, c'est la rentrée, il faut patienter jusqu'à ce qu'un prof gueule les noms pour savoir dans quelle classe on est. Quand vient son tour, comme un automate, il va se mettre dans le rang de la classe à laquelle il appartient. Puis direction salle de cours en rang par deux, sans parler, sans mâcher de chewing-gum, dans une ambiance et un silence très militaires, les élèves au garde-à-vous dans leur blouse bleu marine. Ensuite, déroulement classique de l'emploi du temps de la semaine, distribution des livres, des cahiers, présentation de tous les profs, élection d'un chef de classe. On ne choisit pas sa place, tout est déjà prévu, pupitre individuel. Les profs sont d'un certain âge, sexe masculin, très stricts. On prévient les élèves qu'au bout de deux avertissements, ils sont convoqués au bureau du directeur. Les classes sont mixtes. Il regarde autour de lui ses compagnons, pour l'instant personne ne l'inspire vraiment. Il va attendre, l'idée de rester seul ne lui déplaît pas. Il n'aime pas trop les enfants de son âge, il préfère la compagnie des plus grands.

Midi déjeuner, treize heures récré, reprise des cours jusqu'à seize heures trente, nouvelle récré puis on file dans les classes d'étude pour faire les devoirs du lendemain. Dix-neuf heures dîner, et même topo que la veille, vingt et une heures trente on dort. Cette première journée d'école passe vite, maintenant la routine va commencer, les jours vont se ressembler...

Les gueules des profs se succèdent, la bouffe, invariablement dégueu, tout se déroule avec une monotonie déprimante. Le règlement semble conçu pour vous casser moralement, afin d'éviter toute rébellion. Quinze jours s'écoulent sans aucun incident, tous les pensionnaires obéissent avec une docilité déconcertante. La gaieté du premier jour s'est envolée, il n'a pas encore d'ami.

Voilà le week-end, le pensionnat se vide. Ils sont une petite quinzaine à rester, les autres enfants partent retrouver leurs parents. Durant ces deux jours, il fait connaissance de deux garçons qui, comme lui, ne veulent pas rentrer chez eux, Marc et Olivier. Ils sont en cinquième, plus âgés donc. C'est leur deuxième année ici. Le week-end, le règlement est un peu moins strict que d'ordinaire. Les collés se tapent le ménage de toutes les salles de classe. Si des volontaires désirent les aider, ils sont les bienvenus, mais cette tâche est réservée à ceux qui sont retenus pour mauvaise conduite avec punitions écrites à l'appui. Ceux qui restent de leur propre chef ont trois heures d'étude obligatoires. En dehors des horaires habituels du lever, du coucher et de la bouffe, ils organisent leur emploi du temps comme ils le désirent, du moment qu'ils ne quittent pas le pensionnat. À part s'emmerder, les activités sont inexistantes. Ils ont une bibliothèque, un ballon, les promenades dans le parc, point final. Pendant le week-end, ce sont d'autres surveillants qui prennent la relève... aussi sympathiques que les autres, semble-t-il !

Il aime bien Marc, un garçon plutôt réservé qui cache ses problèmes derrière un humour sarcastique. Il vient d'une famille noble. Sa mère est morte à sa naissance, et son père dilapide la fortune familiale en jouant au poker et en se noyant dans les bouteilles de whisky. À dix ans, Marc s'est enfui de ce milieu fortuné. Deux mois après, la police l'a rattrapé dans la rue et ramené chez lui, puis il a échoué dans cette pension. Quant à Olivier, originaire d'un milieu ouvrier et surtout très pauvre, il a blessé d'un coup de couteau son beau-père ivrogne qui le battait sans cesse. C'est un garçon franc qui fonce dès qu'on le cherche... une façon touchante de se protéger. On sent qu'il a morflé depuis sa naissance ! Deux natures différentes. À eux trois ils forment un petit clan d'écorchés vifs, mais il a une légère préférence pour Marc.

Ses aînés le tiennent au courant du fonctionnement de la maison, des combines pour se relever lorsque les lumières sont éteintes, de quel endroit on peut mater le dortoir des filles, comment aller piquer de la bouffe – surtout du pain, le reste est tellement immonde – pendant la nuit... bref, quelques petits tuyaux toujours intéressants à connaître ! Pourtant ils sont unanimes sur le fait que se tirer de cet endroit est impossible. D'ailleurs, personne n'y a vraiment songé. Tout le week-end, les trois font de longues promenades dans le parc. Plus exactement, comme celui-ci est assez petit, ils tournent en rond une bonne trentaine de fois ! Ils s'assoient sur les bancs, chacun raconte un peu sa vie, et ils deviennent rapidement potes.

Le dimanche soir, les autres pensionnaires reviennent. Changement radical après le calme qui régnait pendant le week-end. Chacun reprend sa place. Il s'endort, apaisé. Il a enfin trouvé deux copains, il n'est plus seul, tous les trois ont tellement de points en commun... Différents et si proches malgré tout. Juste avant de s'endormir il sait qu'il est onze heures, il entend le bruit familier d'un train dans la nuit...

Aujourd'hui il a reçu un colis. Ce sont toutes les fournitures qui lui manquaient. Pas un mot, pas un paquet de gâteaux, pas même un paquet de Kleenex À vrai dire, il ne s'attendait à rien de plus !

Pendant les cours, il est solitaire, ne parle pratiquement à personne ou très brièvement, « Salut ! ça va ?... Oui ! ». Dès que la sonnerie retentit, annonçant la récré, il se précipite jusqu'au bâtiment de Marc et Olivier. Ils parlent, déconnent, jouent à « ciseaux, feuille, pierre, puits », à « chat », parfois à « ni oui ni non », bref des petits jeux simples... La deuxième sonnerie annonce qu'il faut retourner en cours.

– À tout à l'heure, les mecs !

Il repart. À la cantine, il n'est pas à la même table qu'eux, impossible de changer, alors ils s'envoient des boulettes de pain ou se font des grands signes. Marc s'est mis à lui écrire des petits mots qu'il lui transmet entre les cours. Ceci dans le plus grand secret, même Olivier ne le sait pas ! Des petits messages où Marc lui raconte ce qui lui passe par la tête ; il lui parle d'une fille de sa classe qu'il trouve jolie mais conne, ou alors de M. Dubard, le prof de maths, qu'il admire profondément mais qui se comporte étrangement avec lui...

Il aime lire ces petits billets qui instaurent une tendresse et une complicité entre eux. Jusqu'à maintenant, personne ne s'intéressait vraiment à lui, ici il découvre une tendre affection avec Marc et une réelle amitié auprès d'Olivier. Au dortoir, le soir, ils se retrouvent tous les trois. Il a appris à mettre son traversin et ses couvertures de façon à faire croire, dans la pénombre, qu'il est dans son lit, et il va les retrouver dans les douches. C'est le point de ralliement. Olivier, on ne sait comment, s'est procuré des cigarettes. Ils fument juste pour braver l'interdit, espérant qu'ils ne se feront pas coincer par le dirlo ou un des surveillants.

Un gros con a fait une vacherie en classe à Olivier. Un soir, tous les trois se glissent furtivement dans le box du coupable, et avec une coordination parfaite, ils saquent de son matelas le pauvre mec. Celui-ci n'a plus qu'à se relever et à refaire complètement son lit, pendant qu'ils regagnent tous les trois leur box respectif en riant silencieusement.

Ils se sont fait choper deux fois dans leurs excursions nocturnes. Tous les trois se retrouvent chez le dirlo, à l'heure où tout le monde se met en rang pour aller en étude, sous le préau, face à son bureau. C'est le côté sadique du directeur, il aime avoir des spectateurs quand il tape sur la gueule des mômes !

Le dirlo s'avance d'abord vers lui. Olivier et Marc n'osent regarder, ils fixent droit devant eux, sachant que leur tour est proche.

– Alors élève de sixième, vous semez le désordre en pleine nuit avec vos amis ! Vous empêchez les autres pensionnaires de dormir !

D'un air méchant, le directeur le dévisage.

– Vous êtes nouveau ?

Et vlan ! Il prend un aller-retour dans la tronche. Malgré tous ses efforts pour se retenir, une flaque apparaît à ses pieds, son pantalon est trempé. Il a honte. Le dirlo s'en aperçoit, d'un geste brusque il lui soulève la tête par les cheveux. Pan ! Encore un aller-retour plus cinglant que le précédent.

— Vous me nettoierez ceci, je vous somme de vous retenir la prochaine fois ! Faites attention, je vous ai à l'œil ! Vous serez de corvée de ménage avec vos amis ce week-end. Baissez les yeux quand je vous parle ! Croyez-moi, j'en ai maté plus d'un, je ne tolère aucun écart dans mon établissement, continuez et je vous briserai ! J'en ai fini avec vous. À votre tour, élève de cinquième, de Brissant Marc !

Le même refrain, la même rengaine, les mêmes coups encore plus forts. Il regarde cet homme cogner ses amis. C'est un sadique qui prend plaisir à ce genre de rituel. Un silence de mort règne sous le préau, on entend juste les hurlements de ce malade et l'écho de ses coups.

Il a failli pleurer aux premières claques, mais il ne voulait pas craquer devant Marc et Olivier. Ensuite lorsqu'il a fait dans son short, il a eu du mal à ne pas éclater de rire au nez de cette face de con. Il n'a pas osé regarder ses compagnons de peur de ne pouvoir se retenir...

Cette jolie scène a bien duré une vingtaine de minutes ! Pour lui, c'est la première convocation au bureau. Mais tandis qu'ils regagnent la salle de classe, il s'aperçoit qu'Olivier et Marc n'en ont plus rien à cirer, ils connaissent par cœur. Ils ne se moquent pas du fait qu'il a fait sous lui, au contraire ils trouvent ça génial qu'il ait pissé dans le bureau du dirlo.

— Très classe ! souligne Marc tendrement.

Il a remarqué que Marc le tient par le bras, il se montre très protecteur avec lui. Beaucoup de tendresse envers son petit compagnon de galère... Une nuit avant de regagner leur lit, Marc l'a enlacé et serré très fort contre lui, lui a murmuré à l'oreille qu'il l'aimait comme son petit frère, peut-être plus encore, et qu'il pourrait compter sur lui, qu'il serait toujours là. Il se glissa dans son lit, troublé par cette déclaration. Marc avec son beau visage au teint pâle, ses cheveux bouclés, son regard pur et déterminé... Jamais on ne lui avait murmuré d'aussi belles choses. Existe-t-il entre eux un peu plus qu'une amitié ? Tout ceci lui paraît très flou. C'est vrai, il est attiré par Marc depuis le premier jour. Cette affection, cette tendresse, c'est tout ce dont il a été privé. Il est heureux. Jamais leur jolie passion n'ira plus loin que ces doux murmures à son oreille. Cette nuit-là reste pourtant toujours présente à leur esprit lorsqu'ils se retrouvent. Sa relation avec Olivier est tout autre : avec lui, il n'existe pas cette douceur mystérieuse qu'il éprouve à l'égard de Marc. Mais tous trois sont devenus inséparables.

Une nuit, une fois de plus, rendez-vous au même endroit. Olivier passe le chercher, c'est son chemin. Alors qu'il est dans son box, la porte du surveillant s'ouvre tout doucement. Olivier se glisse aussitôt sous son lit.

— Vite, lui dit-il, rabats les couvertures, il ne faut pas qu'il me voie !

Plus un mot. Il fait semblant de dormir, il doit être onze heures. Le surveillant passe dans l'allée, s'assurant avec le faisceau de sa lampe-torche que tout le monde dort. Puis, revenant sur ses pas, il se livre à un drôle de manège. Il réveille un élève, deux, trois, dans différents boxes. Ils font tous partie de la section des grands, et ensemble ils se dirigent vers la chambre du pion, en faisant le moins de bruit possible. Ils savent qu'en dessous le dirlo veille... Ils referment la porte.

— Tu as vu, Olivier ? Qu'est-ce que c'est que ce cirque ? Viens, on va chercher Marc !

Ils vont jusqu'au box de Marc qui, lui aussi, a assisté à l'étrange scène.

— Venez, on va aller espionner !

Tout doucement, sur la pointe des pieds, ils atteignent la chambre et, retenant leur respiration, collent leur oreille à la porte. À l'intérieur il y a des bruits de verres, de bouteilles, une radio en sourdine. Ça pue la clope. Des rires, des éclats de voix étouffés, ils font la fête à l'intérieur et ils ont l'air de bien s'amuser ! Tous les trois se regardent, étonnés. Sur le cul ! Olivier fait signe de le suivre. Ils repartent sur la pointe des pieds jusqu'aux douches.

— Ça alors ! s'exclame Marc, tu as vu ça, qui l'eût cru... Le surveillant et ses acolytes font la bamboula dans sa piaule ! Et nous ?

– Il cache bien son jeu, dit Olivier, jamais on n'aurait pu croire une chose pareille en le voyant ! Tu as remarqué, il est le premier à nous saquer, à nous filer des avertissements dès qu'il peut, histoire de faire chier le peuple. Le faux cul... Le soir quand on dort, il s'amuse, et je suis sûr qu'ils picolent tous là-dedans, j'aimerais bien faire partie de leur petite fête, pas vous ?

– Ouais... mais t'as vu, il n'y a que les grands. La bande à Gilbert, ils n'aiment pas spécialement les petits comme nous !

– Et si on tentait notre chance ? continue Olivier. On va frapper à la porte. Marc, tu dis que tu ne te sens pas bien, que tu es malade.

Lui, ça lui plaît, il a envie d'aller voir ce qui se passe dans la piaule.

– OK, dit Marc, on y va, on verra bien ! De toute façon on est en position de force, sans parler de chantage... qu'est-ce qu'ils peuvent nous faire ?

Les têtes brûlées repartent en sens inverse, traversent le dortoir tout doucement, arrivent à la porte. Marc frappe. Rien. Personne ne répond, cependant le bruit s'est arrêté brusquement. Il frappe à nouveau. La porte s'ouvre sur une pièce enfumée. Claude le surveillant, complètement éméché, essayant de reprendre une allure respectable, regarde les trois garnements. Sa chambre est petite, difficile de dissimuler les membres de la bande à Gilbert qui, dans le même état que celui qui vient d'ouvrir la porte, ouvrent de grands yeux sur les gamins. Ils poussent un ouf de soulagement, ce n'est pas le dirlo ! Le surveillant retrouve ses esprits :

— Qu'est-ce que vous voulez ? Comment se fait-il que vous ne dormiez pas à cette heure-ci.

Sans se démonter, Olivier demande :

— On peut entrer ?

Claude jette un œil à l'intérieur, hésite, puis ouvre la porte et laisse passer les trois lascars. Les grands se regardent complètement paf, ils éclatent de rire. L'un d'eux dit à Claude :

— Plus on est de fous, plus on rigole !

Le surveillant, prenant un air faussement sévère, leur dit :

— OK, vous restez, mais jurez-moi de fermer votre gueule ! Vous avez l'air sympa les petits, dans ce foutu établissement à la con, c'est trop triste, alors j'organise des petites fêtes de temps en temps. C'est un secret, topez là !

Les trois amis s'exécutent avec plaisir, et voilà Claude qui leur sert à boire.

— Whisky ?

Ils remettent la radio doucement. Les trois petits vont prendre la première cuite de leur vie. Les grands les chambrent.

— Vous alors, vous êtes précoces !

L'un d'eux commence une parodie de strip-tease, très pudique, juste pour la rigolade. Sous l'effet de l'alcool, de la fumée, les gamins sont épatés, ils n'en reviennent pas. Ici, dans cette saloperie de pension, on arrive à faire vraiment la fiesta, en plus avec le pion ! Ils sont tous conscients qu'ils ont intérêt à la boucler, sinon ce sera le renvoi assuré pour Claude, qui finalement est un chic type. Pas habitués à faire la fête de cette façon, les trois lascars finissent complètement ivres, au point que la bande à Gilbert doit les raccompagner jusqu'à leur lit respectif... D'ailleurs ils sont tous dans un état avancé ! Tout le monde se couche, c'est plus sage, ils commencent à être bruyants malgré eux.

Sa tête tourne, ça n'arrête pas, mais il finit par sombrer dans le sommeil.

Le lendemain matin, à sept heures, le réveil est difficile pour certains. Claude passe comme si de rien n'était, aidant ceux qui ont du mal à se lever. Oh là là ! faire le lit devient une épreuve. Il n'a qu'une seule envie, se recoucher. Marc passe le voir.

— Comment ça va ? Oh, tu as une sale gueule ! Attends, je vais t'aider à faire ton lit, va aux lavabos te rafraîchir, ça te fera du bien.

Puis s'approchant de lui, il lui dit :

— C'était bien cette nuit, non ?

— Ouais, super, mais il m'a servi un peu trop de whisky ! Merci, t'es sympa de faire mon lit, je vais être en retard sinon. Tu as vu les autres, ils ont l'air en pleine forme !

Gilbert passe près d'eux et leur fait un clin d'œil. Ils sont aux anges, être de connivence avec les grands, génial ! Il se sent invincible désormais, mise à part sa gueule de bois.

La matinée est dure… Il se souviendra de sa première cuite ! Il s'endort à moitié au cours de maths puis, pendant le cours de français, il demande à aller à l'infirmerie. Le prof de français l'y autorise, voyant qu'il ne va pas bien. Arrivé à l'infirmerie, il a la nausée, vomit, on le fait s'allonger, et jusqu'en début d'après-midi, on le garde. À treize heures trente, on le renvoie en cours, il a récupéré, ça va mieux.

À seize heures trente, il retrouve Marc et Olivier. Ils ont l'air plutôt en forme, mais ils n'en reviennent toujours pas de Claude. Lui a repris ses fonctions, comme d'habitude aussi sévère… qui croirait ? Ils ont de nouveaux potes, la bande à Gilbert, y compris Gilbert. Ça alors, des grands qui sympathisent avec des plus jeunes… hallucinant !

Pendant un mois, à raison de deux soirées par semaine, les petits ont souvent du mal à récupérer, mais ils sont super heureux de faire partie de la fête. Boire, fumer, être avec les grands, écouter de la musique, déconner, s'amuser dans cette taule, c'est inimaginable !

Il est en cours comme tous les jours, la secrétaire du dirlo vient le chercher. Elle ne l'emmène pas au bureau mais tout droit dans les appartements du directeur. Il ne comprend pas. Il attend. Il voit entrer Marc et Olivier. Ils n'ont pas le droit de se parler, la secrétaire veille. Le patron arrive enfin avec des feuilles blanches et des stylos à la main. Il demande au garçon de le suivre, ouvre une porte sur une espèce de débarras. Il y a une table et un tabouret. Le dirlo lui ordonne de s'asseoir, lui donne une feuille et un stylo.

– Maintenant tu vas m'écrire ce qui se passe la nuit au dortoir, ce que tu fais, ce que tu vois !

Vlan ! Il lui balance une claque à toute volée.

– Et tu as intérêt à dire la vérité, je te le conseille !

Il s'en va en claquant la porte derrière lui. « Merde, je suis mal barré, on est tous mal barrés ! Qui a pu vendre la mèche ? » Il pense au surveillant. « Lui, il est vraiment dans la merde… sauf si tout le monde ferme sa gueule. Pourquoi le dirlo nous a-t-il fait amener chez lui et pas dans son bureau ? Peut-être pour qu'il n'y ait pas de fuites, pour que personne ne soit au courant en dehors de ceux qui le sont déjà ? » Que de questions… Il regarde sa feuille, prend son stylo et commence à écrire une dissertation sur l'insomnie. Lorsque le directeur va la lire, sûr il va se ramasser une sacrée dérouillée, mais il préfère ça à jouer les mouchards. « Balancer, c'est hors de question, plutôt crever ! » Un bruit imperceptible lui fait tourner la tête vers la porte. La poignée tourne tout doucement, la porte s'ouvre sur Marc. Il est content de le voir. Marc lui fait signe, en mettant un doigt sur la bouche, de ne pas faire de bruit, s'approche et se met à parler tout bas.

– Mon vieux, ça va mal, sinon on ne serait pas chez le dirlo… secret d'État, ça m'en a tout l'air !

Il prend sa feuille, commence à lire, puis s'arrête, souriant.

– Toi aussi, tu as écris des conneries ! J'espère que tout le monde fera la même chose. Olivier est juste en face dans une pièce, et moi je suis à côté de celle-ci. Il m'a dit que ça craignait un max… Lui non plus n'a rien raconté, on risque de se faire massacrer par l'autre connard ! Mais je suis inquiet parce que je n'ai pas vu Gilbert, ni les autres, je sais qu'ils sont ici mais je ne sais pas où. Si tout le monde la boucle, il y a une chance pour Claude, mais j'en doute un peu, on ne serait pas tous là. Bon, je vais te laisser, c'était juste une visite amicale, je retourne dans mes quartiers. Ça va aller ? ajoute Marc en lui prenant tendrement la main. Tu sais que je suis là juste à côté, je pense à toi.

Ils se serrent fort la main, sans savoir que c'est la dernière fois qu'ils se voient.

L'attente s'éternise, la nuit est tombée depuis longtemps. Il s'endort sur sa feuille. Dans son sommeil, il entend des bruits de portes qui s'ouvrent, se ferment, des pas dans le couloir. Il se réveille, l'aube se lève. Il n'en peut plus d'être dans ce cagibi, il ne comprend pas pourquoi c'est si long. Il a faim. Il n'a pas déjeuné, ni dîné. Qu'est-ce qui se passe, bordel ?

Enfin des pas... la porte s'ouvre sur ce con de directeur, ce vieux sadique. Il paraît d'humeur massacrante. Il prend sa feuille, commence à lire. Il s'arrête, et le regardant, déchire sa copie d'un air cynique.

– Pas mal tes insomnies !

Il lui jette les morceaux de papier à la figure.

– Tu n'as pas de chance !

Et vlan ! C'est reparti pour les allers-retours. C'est un réel spécialiste en ce domaine. Il s'arrête.

– Élève de sixième B, vous êtes renvoyé ! J'ai déjà appelé vos parents, ils vont arriver dans la matinée. En attendant, vous resterez ici, vos parents feront vos bagages. Vous ne bougez pas de cette pièce ! Eh oui, pas de veine pour toi, certains de votre fameuse bande ont parlé ! Ce genre de conduite est impensable dans cet établissement, personne ne doit savoir ces horreurs, donc vous resterez ici en attendant vos parents. Deux mois seulement que vous êtes ici, et vous figurez dans le premier renvoi depuis que je dirige ce pensionnat. Je vous méprise, vous n'êtes qu'un voyou, un vaurien !

D'un air méchant le dirlo regarde son ex-pensionnaire, et prend la porte, la claquant furieusement.

« Quel gros débile, je suis bien content de me faire virer, quoique… c'était pas si mal après tout », songe-t-il. Soudain il devient sérieux. Ils ont bien rigolé, les voilà tous virés. Qu'est-ce qui l'attend, maintenant, à part la maison de correction ?

L'une pour l'autre

Sophie est l'aînée, elle, la cadette. Mais elles se ressemblent tant qu'on pourrait les croire jumelles. Leur grand jeu : se faire passer l'une pour l'autre.

D'origine anglaise par le père et vietnamienne du côté maternel, ces deux adorables Eurasiennes de treize et quinze ans ont déjà un passé assez chargé. Abandonnées dans leur petite enfance, elles ont été séparées et placées dans des familles où on les considérait davantage comme des bonniches à tout faire que comme des petites filles.

Maintenant depuis un an, cette même mère qui les a mises à la DDASS les a reprises avec elle. Est-ce par culpabilité, bonne conscience ou pour les allocs ? En tout cas, l'instinct maternel n'est pas vraiment au rendez-vous. Quant au père : abonné absent depuis toujours !

Elles sont dans le même lycée, à deux années de différence. Quand elles ne sont pas à l'école, elles font des petits boulots à droite à gauche, style les marchés à cinq heures du mat l'hiver. Les doigts gelés, elles crient d'un ton peu convaincant aux passants : « Achetez les belles pommes de terre ! Trois francs les tomates ! » Ou bien des gardes d'enfants, ou encore quelques heures chez un fleuriste ou un boulanger... Enfin ce qu'elles trouvent. Partout, on les accepte, on les sous-paye, ce qui n'est pas toujours suffisant pour subvenir à leurs besoins, aussi petits soient-ils ! Car la mater est une fan de mah-jong, et tout ce qu'elle gagne, ou ne gagne pas, comme serveuse dans un resto, elle le claque au jeu. Aux gamines d'assurer ! Très asiatique comme conception : « Reconnaissance éternelle à ceux qui nous ont engendrés et prenons soin d'eux jusqu'à leur dernier souffle... » Morale extrême-orientale ou non, elles ne savent pas, mais c'est ce qu'on leur rabâche.

Douze mois que ça dure. À vrai dire, elles ne s'attendaient pas, ni l'une ni l'autre, à un accueil aussi glacial ! Grande déception que ce manque d'amour, et cette façon de voir la vie ; cela dit, ça ne les change pas tellement de ce qu'elles ont connu jusqu'alors. Même combat, la seule différence c'est que maintenant elles sont deux !

Sophie, l'aînée, a une admiration sans bornes pour sa sœur. Il est vrai qu'elle ne manque pas d'imagination ni de ressources... une vraie petite kamikaze, ce qui parfois a ses inconvénients ! Une réelle complicité et un amour passionnel se créent entre elles pendant ces mois de galère. Elles ne font rien sans se consulter, elles dorment ensemble, rigolent, pleurent, se consolent, déconnent. Souvent, dans la maison vide de tout, la cadette lance : « Viens, on va voler ! Prépare les sacs ! » Elles ont une technique bien au point. D'une geste naturel, elles choisissent ce qu'il y a de mieux dans les rayons du magasin, remplissent les sacs, et se dirigent vers une caisse où il y a un peu de monde. Pendant l'attente, elles prennent bien soin d'enlever toutes les étiquettes qui sonnent, à l'aide d'une tenaille que la plus jeune cache toujours sur elle lors de ces excursions. Juste avant de passer à la caisse, elles s'esquivent d'un air si naïf et si réglo que personne n'oserait questionner et arrêter ces deux petites. Question de bluff ! Aucune embrouille jusqu'à maintenant. Tout se passe bien.

Le matin, après les baby-sittings nocturnes, crevées elles se lèvent, s'habillent avec les nouvelles fringues, puis filent au lycée après s'être envoyé un petit verre de whisky à jeun. La petite a persuadé Sophie que, vu qu'on est en plein hiver, ce genre de petit déjeuner donne des forces pour la journée !

Plus le temps passe, plus un ras-le-bol quotidien envahit la petite. Elle se confie à Sophie. Elle n'en peut plus. Elle ne comprend pas ce qu'elles font sur cette putain de terre à la con ! Quel est cet avenir de merde, cette vie de débile ? De longues discussions existentielles s'instaurent...

Un jour, elle lui demande si elle l'aime vraiment. Sophie, étonnée, la regarde. Elle lui dit qu'elle a envie de se tirer. Est-ce qu'elle pourrait continuer à vivre sans elle ? L'aînée ne comprend pas.

— Qu'est-ce que tu veux dire sans toi ?

— J'ai envie de me foutre en l'air. J'en ai marre, je n'attends rien, crever serait le seul soulagement.

— Mais t'es folle ! Si tu fais ça, je le fais aussi. Je te suis où que tu ailles. Je t'aime, pas question que tu te casses sans moi ! Moi non plus, rien ne me retient ! Tu vois dans quel merdier nous sommes, et la mère en a rien à cirer de nous, elle nous aime pas, elle nous le répète assez. Au moins sur ce coup pas de lézard, c'est pan dans la gueule !

— Ouais... J'ai bien songé à tout. Il y a quelque temps que je me dis « est-ce que je t'en parle » ? J'ai réfléchi comment et où, le scénario est gravé dans ma tête, mais toi, es-tu sûre, sans regret ni remords ?

Elles se regardent intensément. Elle lit la détermination dans son regard. Ni étonnement ni frayeur, mais des yeux plein d'amour et de résignation sur leur sort. Avec désespoir elles s'étreignent, s'embrassent, mêlant leurs larmes à leurs baisers. Enfin elles ont trouvé une issue de secours, aussi fatale soit-elle ! Réflexion faite, bosser, toujours bosser, et en retour que des coups dans la gueule en guise de remerciements... À quel avenir sont-elles vouées ? Avec un peu de chance, passer leur bac, quelle prouesse ! Et se retrouver caissière à Monoprix, faire des mômes, encore faut-il trouver le père. Et puis non, pas question d'en faire, des gosses, il y a trop de petits malheureux à adopter, c'est un crime de se retrouver en cloque de nos jours !

Aux yeux de la plus jeune, aucun futur, dans cet univers. L'attente, elle connaît par cœur. Depuis ce retour à Paris, il ne s'est pas passé un soir sans qu'elle rêve de cet au-delà. Déjà auparavant il était présent, maintenant elle le sent si proche. De plus elle n'est pas seule, sa sœur est là, prête à partir pour la même destination.

— Dis-moi, Sophie, je ne sais pas encore quel jour, je n'ai pas choisi, comme ça tu as le temps de réfléchir, de changer d'avis… Je sais, je sais, tu n'as pas l'intention de changer d'avis, on en a assez parlé !

Alors elles se sont tues. Elles ont gambergé chacune de son côté et se sont rejointes comme toujours.

— Je sais que rien ne peut nous séparer, mais c'est moi qui ai commencé à parler, je me sens responsable de moi, de toi… enfin tu comprends ?

— Je suis plus grande que toi, je sais faire mon choix aussi ! D'ailleurs, avons-nous le choix ? Tu as envie de devenir comme la mère ? Tu as vu l'autre jour, lorsqu'elle a pris le couteau pour nous tuer, elle était folle ! Si on ne s'était pas enfermées dans la salle de bains, l'une de nous ne serait plus là, ou à l'hosto ! Tu as vu le regard de cinglée qu'elle avait ! Ce regard méchant, ses yeux pleins de haine quand elle hurlait que nous ressemblions à notre père, qu'elle nous détestait, qu'à cause de nous sa vie était ratée, qu'elle nous écraserait à coups de talon tellement nous étions nulles ! Toutes ces horreurs qu'elle nous a balancées dans la tronche ! Et tout ça parce que madame avait perdu au jeu ! Il faut vraiment avoir pété les plombs pour prendre un couteau et vouloir tuer sous prétexte que la vaisselle n'était pas faite, que tu l'avais fait exprès pour l'emmerder !

– Oui, je me souviens... Elle m'a fait peur et pitié en même temps. Comment peut-on en arriver là ? Nous n'avons rien demandé à personne, surtout pas de venir dans ce bas monde ! Qu'elle soit exaucée, bientôt nous ne serons plus une charge pour quiconque, fais-moi confiance !

À partir de ce jour, Sophie et elle furent liées plus que jamais. Elles avaient fait un pacte. Dès qu'elles se quittaient pour aller en cours, elles se serraient fort l'une contre l'autre et se regardaient silencieusement. Nul ne saurait dévoiler leur secret.

Sophie attendait le feu vert de sa sœur. Toute seule, elle était incapable de prendre l'initiative.

Cinq jours après cette discussion décisive, vendredi soir, la classe terminée, elles sortent de l'école. Sophie se précipite dans ses bras et croise en même temps son regard. Elle comprend en un éclair et son cœur se met à battre fort, malgré elle.

– C'est pour ce soir ? lui demande-t-elle.

– Oui, t'as pigé, je n'en peux plus ! Moi je renonce, je n'ai pas envie d'attendre plus, j'ai peur aussi de ne plus avoir le courage, tu comprends ? Ce soir, c'est maintenant ou jamais... D'ailleurs, ma décision est prise ! Tu es prête ?

– Oui, répond Sophie d'une petite voix blanche, pas très rassurée. Comment on fait ?

– Il te reste de l'argent ?

– Non, j'ai plus rien.

– C'est pas grave, on va faire la manche. Regarde le mec qui arrive, je vais lui demander ! Monsieur ! Vous n'avez pas trois francs, s'il vous plaît ? fait-elle avec un sourire d'ange.

– Bien sûr, mais vous voulez en faire quoi, mon petit ? lui réplique-t-il.

– Oh ! Je voulais juste acheter des bonbons...

– Tenez ! Voilà cinq francs, je n'ai pas de monnaie. Allez, c'est mon jour, vous avez l'air si charmante !

Le mec s'éloigne. Elle fait un clin d'œil à Sophie et lui dit :

– Gagné ! Viens, nous allons acheter les lames de rasoir ! Le pauvre, s'il savait...

Émue, Sophie la suit. Pour une fois elles ne volent pas, elles achètent les lames de rasoir et se dirigent vers le parc situé derrière l'école. Il fait nuit à cette heure-ci, il n'y a pas un chat, surtout avec ce froid… Sophie reste tout de même étonnée du calme que garde sa frangine. Arrivées à leur banc préféré, là où l'automne dernier elles avaient pris l'habitude de se rejoindre à la fin des cours – l'endroit le plus joli du parc, un peu à l'écart, protégé par des petits bosquets –, elles s'arrêtent. Sophie la voit poser ses bouquins et ouvrir sans hésiter la boîte de lames. Elle en choisit une, donne la boîte à Sophie en lui disant :

– Excuse-moi, je n'ai pas envie d'épiloguer, ni de penser, je le fais maintenant !

Et joignant le geste à la parole, elle enfonce la lame de rasoir dans son poignée à deux reprises. Une décharge d'électricité déclenche en elle une douleur aiguë. Elle ne dit pas un mot, ne pousse aucun cri… même au deuxième coup ! Le sang gicle avec violence, elle regarde Sophie, lui sourit et lui dit :

– Enfin, c'est fait ! Regarde ce sang qui coule, je trouve ça beau… Pas toi ? Allez, grande sœur, à ton tour !

Sa vue se brouille. Elle voit tout flou. Ses oreilles sifflent. Elle essaie de se rattraper au banc, mais c'est le noir total. Elle tombe sur le sol glacé, la lame de rasoir toujours dans la main droite…

Elle revient peu à peu à elle. Elle ne sait pas combien de temps s'est écoulé. D'abord elle ne pige pas ce qu'elle fait par terre. Elle a froid. Un engourdissement s'empare doucement de son corps. Ça y est ! Elle se le rappelle. Elle voit le visage de sa sœur penché sur elle, pleurant à genoux, la lame dans la main... La chaleur de son sang qui se répand par terre, ce sang coagulé coule plus lentement... Elle entend, dans un lointain écho, la voix de Sophie qui sanglote :

– S'il te plaît, ne pars pas toute seule ! Aide-moi, je t'en supplie ! Je n'arrive pas à le faire, je ne peux pas... S'il te plaît, aide-moi, je veux aller avec toi !

Dans un état second, elle regarde sa sœur dans les yeux. Elle sent chez elle un tel désarroi qu'elle lui répond :

– T'inquiète, je vais pas te laisser ! Donne-moi la lame et tends ton poignet ! Ne regarde pas !

D'un geste franc, elle sectionne les veines. Ses forces l'abandonnent à nouveau. Le trou noir l'engloutit. Au même moment, elle entend dans un souffle : « Je t'aime... »

*

* *

Les idées se bousculent dans la tête de Sophie. Elle voit son sang couler, et celui de sa jeune sœur se répandre toujours sur le sol, formant dans l'obscurité une petite mare noire. Elle panique. « Elle va y passer et pas moi. Ce n'est pas possible, elle ne revient pas à elle ! J'ai peur ! Je ne veux pas ! Si elle meurt et pas moi ? Je dois aller chercher de l'aide ! »

Mettant sa main dans la poche, serrant les dents contre les vertiges, tant bien que mal, vacillante, elle part en direction d'une cité, sonne à la première porte. Une dame d'un certain âge lui ouvre, la regarde d'un air apeuré et affolé.

– Mais que vous arrive-t-il, ma pauvre fille ? Grand Dieu ! Qu'avez-vous fait ?

– Dans le parc… elle s'est ouvert les veines… vite ! bafouille Sophie avant de s'évanouir, son manteau couvert de sang.

Numéro 53

Le téléphone sonne. Il écoute le répondeur, toujours le même mec qui appelle. Il sait que c'est pour sa frangine et commence à avoir de sérieux doutes...

Sa sœur a seize ans. Il y a deux ans, elle est tombée dans la came, pas gravement, mais suffisamment pour avoir du mal à arrêter. Six mois qu'elle n'a touché à rien. Lui, garçon clean, a plutôt horreur de tout ça, ce n'est pas sa cup of tea. Il l'aide et souhaite de tout son cœur qu'elle ne touche plus à cette saloperie mais, depuis une semaine, il a la ferme impression qu'elle a replongé plus ou moins. Et ce Fred qui n'arrête pas d'appeler ! Aujourd'hui, il va parler à sa sœur, c'est trop con si elle recommence ce genre de plan.

La voilà qui revient de ses cours.

— Salut ! Tu vas bien ? Tu rentres déjà ?

— Ouais, cet après-m' je n'ai pas bossé, je l'ai su à midi.

— J'ai des messages ? demande-t-elle, enclenchant le répondeur.

Elle écoute, son visage change d'expression. Elle paraît emmerdée.

– Des problèmes ?

– Non, non, rien de très important...

– Dis-moi, qui est ce Fred ? Je trouve qu'il appelle un peu trop souvent. Écoute, tu sais que tu peux tout me dire, je n'en parlerai pas aux vieux ! Tu en reprends de temps en temps, non ?

Aussitôt, elle se met à chialer.

– Allez, calme-toi et parle-moi ! lui dit-il doucement. Ce n'est pas grave ?

– Oh non, ce n'est pas ce que tu penses ! J'en ai juste pris une fois, rien qu'une... Je sais, c'est trop bête au bout de six mois. Voilà, ce mec a commencé à me relancer. Une fois, deux fois, trois fois j'ai dit non et la quatrième, je ne peux pas te dire pourquoi, c'était sous mon nez, je n'en avais pas vraiment envie mais j'ai pris la ligne. Depuis, il n'arrête pas d'appeler et je ne sais pas comment faire pour que ça cesse. Je lui ai dit et redit que ça ne m'intéressait plus, apparemment il ne veut pas comprendre, il insiste. Tu te rappelles, il fait partie de la même bande que je fréquentais il y a un an ?

– Putain, il va te laisser tranquille cet enfoiré ! C'est vraiment un milieu de merde, aucun scrupule, il veut arriver à ses fins... Je vais lui faire la peau à ce salaud ! T'inquiète pas, je suis là, il va te laisser peinarde, je peux te l'assurer ! Et tu ne retomberas plus, tu es forte, j'ai confiance en toi... Tu as envie de t'en sortir ?

Elle fait « oui » de la tête.

— Tu es pratiquement sortie de l'auberge, ce n'est pas ce connard qui va te faire replonger, c'est assez dur comme ça !

Il lui dépose un baiser sur le front.

— Je m'en occupe. Tu veux que j'aille le voir ?

— Pourquoi pas ? C'est vraiment un pusher et c'est dégueulasse ce qu'il me fait, il a vraiment une mentalité de dealer !

— Je vais y réfléchir sérieusement, dit-il, songeur, en allant dans sa chambre.

Il ira trouver ce Fred, ça c'est sûr, mais il a envie en même temps de lui donner une leçon, seulement... comment ? Premièrement, la prochaine fois qu'il appellera ici, c'est lui qui répondra : il lui dira d'oublier le numéro de téléphone et de ne plus jamais faire entendre le son de sa voix. S'il essaie par un moyen ou un autre de contacter sa sœur, lui n'aura aucun scrupule à le livrer aux poulets. Cela devrait suffire à décourager cette charmante personne !

Mais dans la famille, ils sont un peu givrés, il ne veut pas s'arrêter là, il a plutôt envie de lui rendre une petite visite de courtoisie, à sa manière : « Je hais cette race qui vend la mort ! » Il veut lui flanquer la peur de sa vie. Pour ça, il a besoin d'un coup de main, il doit trouver un mec. Bernard serait la personne idéale pour l'accompagner. Du reste, son pote sera ravi de lui prêter main-forte dans ce genre d'opération quand même risquée… Ce ne serait pas la première fois, il a plus d'expérience que lui en la matière. Une occasion de s'amuser un peu… Ce Fred ne les connaît pas, c'est parfait ! Il va joindre son copain, puis prendre toutes les informations nécessaires auprès de sa sœurette. Surtout ne négliger aucun détail. Hors de question qu'il y ait des retombées quelconques. Sa frangine doit rester à l'abri de tout soupçon, que ce type ne sache jamais d'où vient le coup !

Braquer un dealer en se faisant passer pour des flics, il n'a rien trouvé de mieux. Vengeance par personnes interposées, ça devrait plaire à la petite ! Balancer toute sa came dans les chiottes, le soulager de son pognon avec quelques petites claques dans la gueule pour le remercier, et au passage ramasser appareils photo, caméra, enfin tout ce qui traîne… pourquoi ne pas se servir ?

Le scénario commence à se mettre bien en place dans sa tête. Son but n'est pas de braquer pour braquer, il s'en fout un peu. Non, il veut donner une bonne leçon à ce dealer : qu'il les prenne vraiment pour des keufs jusqu'à ce qu'ils se cassent, et s'aperçoive ensuite qu'il s'est fait niquer dans tous les sens du terme, de A jusqu'à Z, avec en prime la trouille de sa vie ! Maintenant au boulot, passons à la pratique !

Comme prévu, Bernard saute sur l'occasion... il se sent rouillé actuellement, il a besoin d'exercice. Ils se voient et mettent au point les derniers détails. Quant à sa sœur, elle trouve l'idée excitante, bien qu'un peu risquée. Mais après tout, son frère sait ce qu'il fait, et ce dealer a tout ce qu'il mérite ! Elle leur apprend que Fred a eu un accident de moto, qu'il ne peut pas bouger – il a la jambe dans le plâtre et doit rester allongé –, et qu'il vit avec une meuf. Elle leur indique aussi le nombre de pièces dans l'appartement, avec à l'appui un petit plan détaillé, ses habitudes – elle suppose qu'il n'en a pas changé depuis un an, ce n'est pas le style –, l'adresse, le code de la porte d'entrée... bref, tout ce qu'elle sait !

Le soir même, tard dans la soirée, la sonnerie du téléphone retentit. C'est encore lui. Le frangin décroche.

– Allô ? Ma sœur n'est pas là. Je suis son frère, elle m'a mis au courant de tout, alors on reste cool, tu la laisses tranquille, tu oublies ce numéro et moi, je ne vais pas chez les flics !

– T'énerve pas, mec ! Je ne vois pas du tout de quoi tu parles.

– Tu sais très bien de quoi je veux parler.

– OK, OK ! Pas de problème... Je ne sais pas qui c'est, ta frangine ! De qui tu parles ?

Et il raccroche.

— Quel fils de pute ! dit-il en regardant sa sœur qui a assisté à la conversation. Il n'a pas intérêt à rappeler parce que je ne serai certainement pas aussi gentil.

Elle lui demande si c'est vraiment une bonne idée d'aller plus loin.

— Tu es sûr de ton coup ?

Il ne lui répond pas tout de suite. Il l'embrasse.

— Ne t'inquiète pas !

Il se retire dans sa chambre. Après cette discussion, il est encore plus déterminé. Par prudence, il a prévu de faire sa petite visite dans une dizaine de jours seulement, ainsi l'autre naze ne fera pas le rapprochement.

Les jours suivants passent comme à l'ordinaire. Il va à son travail, rentre le soir. Sur le répondeur, des coups de fil anonymes. Fred ! Espère-t-il tomber directement sur sa frangine, ultime tentative de salopard ? Il a la haine. De plus, il voit la petite fatiguée. Elle n'est pas en manque mais elle n'est pas bien, elle déteste sa faiblesse. Elle en a ras le bol de ces histoires, elle déteste ce type. Elle non plus finalement n'a pas envie que ça s'arrête là. Tant mieux si son frère met son plan à exécution, il va la venger…

Le jour J est arrivé. Il va chez Bernard, qui s'est procuré tout l'attirail nécessaire : menottes, sparadrap large, gants noirs.

– Tu vois, ce n'est pas compliqué, avec ça on a tout ce qu'il faut pour les bâillonner et les ligoter, dit Bernard calmement. Tiens, mets ce blouson, tu seras plus crédible ! Tu as compris ? Tu fais exactement comme on a dit. On répète : on mate ce qui se passe dans l'immeuble, les allées et venues, etc., on monte, on attend. Tu te souviens, pendant notre repérage, à côté de sa porte ? Il y a un renfoncement, toi tu te mets là et moi contre le mur. Dès que la porte s'ouvre, je fonce, j'entre en premier, toi derrière moi, je m'occupe de la personne qui sort et de sa meuf, toi, tu fonces dans la chambre et tu t'occupes de lui. On leur fout sur la gueule un torchon ou ce que tu trouves, pour qu'ils ne voient pas trop longtemps nos tronches. C'est moi qui fouille, tu me laisses faire, OK ? Tout va bien se passer ! Je suis content de repasser à l'action, ça faisait longtemps... Ces salauds, ils n'ont que ce qu'ils cherchent ! Allez, il est l'heure, on y va !

– Vamos !

Arrivés dans la rue, au numéro 53, ils jettent un œil au premier étage. Les volets sont fermés. Ils continuent jusqu'à un fleuriste, achètent un bouquet pour la jouer visiteurs.

– Quelle heure est-il ? demande Bernard.

— Quinze heures. Viens, on va boire un verre dans le café arabe en face, de là on aura une vue parfaite !

Ils entrent. Personne ne fait attention à eux. Des vieux sont en train de jouer aux cartes avec le patron qui se lève paresseusement pour les servir.

— Deux cafés, s'il vous plaît !

Il ne reste de la place qu'au comptoir, debout. Il a l'air malin avec ses fleurs ! Bernard se fout de sa gueule, il essaie de détendre l'atmosphère.

— Regarde, au lieu de te foutre de moi ! Tu vois ce qui arrive... ça a l'air le genre de la maison.

Un petit mec chétif s'arrête au 53. Il semble pressé, mauvaise mine. Il entre.

— Vite, dépêche ! Non, on attend un peu, c'est vrai ! Il faut regarder le défilé et voir ce qui se passe, qui monte, qui descend... Excuse-moi, Bernard, je suis un peu nerveux, je suis impatient d'aller lui foutre une main dans la gueule, à ce Fred !

Le petit mec redescend une demi-heure après, il paraît plus en forme. En dehors d'une femme de quarante ans et d'un petit pépé, personne d'autre n'est sorti de l'immeuble. Deux garçons d'une trentaine d'années entrent. Eux, ils ont l'air d'habiter ici, pas le style junkies ! Une heure passe. L'attente fait monter la tension.

— Tiens, celle-là, elle y va direct !

Bien vu. Décidément, le numéro 53 attire du monde...

Ils paient rapidement, se précipitent derrière la fille, en lui laissant assez d'avance pour qu'elle ne les entende pas. Ils montent. Elle vient d'entrer chez Fred. Ils passent la porte, continuent de monter l'escalier, s'arrêtent au second. Ils écoutent, leur cœur bat fort. Puis ils redescendent sur la pointe des pieds, avec un regard complice, ils vont se poster. Ils attendent. La montée d'adrénaline est en suspens. Ils entendent des pas derrière la porte, mais au même instant la lumière de la cage d'escalier s'allume... Merde, quelqu'un ! Vite, ils remontent d'un étage, la porte au premier claque. Trop tard, la fille est partie ! Eux redescendent, ils croisent une dame.

– Bonjour, madame ! disent-ils en choeur.

Avec leur bouquet, ils ont l'air innocent. Ils ressortent. Raté, ce n'est pas pour cette fois ! Ils font les cent pas, décident d'aller planquer dans l'escalier, au deuxième étage. Épuisant cette attente !

La lumière s'allume au bout de vingt minutes. Ils sursautent. Silence, on monte ! Les pas s'arrêtent dans le couloir du premier, ça va chez Fred, sa gonzesse ouvre, ils entendent la porte se refermer. Ils redescendent, se mettent en place. Mais à nouveau la lumière s'allume, ils sont obligés de déguerpir. Deux fois encore, même plan. Ça fait trois plombes que cette histoire les mine.

Les voilà de retour au café. Il passe un coup de fil à sa sister, il est très bref, juste pour lui dire que tout va bien, qu'ils en sont au point de départ. Il raccroche. Bernard lui fait signe de le suivre.

– Je viens de voir une petite Black entrer, dépêchons-nous, elle va bien au même endroit que les autres !

Ils sont tendus. Rebelote, chacun à son poste. Silence. Un quart d'heure passe, puis la porte s'entrouvre. Bernard bondit, pousse violemment le battant. Au passage, la petite Black et la meuf se retrouvent par terre, à moitié assommées par le coup.

Il suit Bernard, referme derrière lui, crie : « Police ! » En deux enjambées, il est dans la chambre. Fred le regarde, aucune surprise. Avant qu'il comprenne ce qui lui arrive, on lui a déjà passé les menottes et mis un torchon sur la tête.

Il retourne dans l'entrée voir si Bernard a besoin d'aide. La petite Black est ligotée et bâillonnée avec le sparadrap, l'autre n'a que les menottes dans le dos, à plat ventre. Elle se met à hurler. Bernard lui balance une claque dans la gueule.

– Tu la fermes ! T'es mal barrée de toute façon… alors un conseil, tu la boucles, tu réponds quand je te pose des questions !

Elle se tait. Entre leur irruption et maintenant, il s'est passé à peine cinq minutes, de vrais pros ! Sévère la montée d'adrénaline lorsqu'ils ont débarqué. Maintenant ils soufflent, tout le monde est neutralisé, chacun dans une pièce. Il prend la petite Black, la traîne dans l'autre pièce. Quant à la meuf de Fred, Bernard la met dans la cuisine. Ils reviennent dans la chambre, le plâtré ne bronche pas. Bernard commence à fouiller avec soin.

– Où t'as mis la came ?

– De quoi vous parlez ?

– Écoute, ne fais pas le malin, à ta place je parlerais !

– Pourquoi vous m'avez foutu ça sur la tête ?

– C'est pour que tu ne vois pas la claque arriver quand je vais te la mettre ! Je te conseille de coopérer.

Il se prend à son jeu, finalement ce n'est pas si dur d'être flic.

– Écoute mon coco, tu as intérêt à te mettre à table ! Tu sais de combien tu vas écoper ? T'es barré pour quatre piges, tu as déjà un casier bien chargé... La saloperie que tu vends, dis-moi où elle est ?

Venant de la cuisine, ils entendent : « Appelez Fifi à la brigade des stups ! Appelez Fifi à la brigade, on travaille avec vous... Puisque je vous dis qu'on travaille avec vous ! »

Bernard file dans la cuisine.

– Je t'ai dit de la fermer ! Qui est ce Fifi ?

– Son numéro est dans mon agenda, sur la table... C'est vrai, on travaille avec vous, vous pouvez vérifier !

– Toi, maintenant, je ne veux plus t'entendre, compris ? Je vais voir.

Bernard revient.

– Il manquait que ça, des balances !

Ils se regardent. Bernard se remet au travail minutieusement, trouve du blé, près de dix mille balles, c'est toujours ça !

– C'est vrai ce que raconte ta gonzesse ? Qui est ce Fifi ? Si tu travailles avec nous, dis-moi où est la dope !

Fred ne répond toujours pas. Il finit par dire :

– On peut peut-être s'arranger ?

Vlan ! Bernard vient de lui mettre une baffe. Il a sorti un sachet de sous le matelas.

– Et ça, qu'est-ce que c'est, du sucre de canne ? Pièce à conviction.

– Je te préviens, mon copain a trouvé dix grammes dans ton pieu… T'es mal, très mal, tu vas avoir le temps de penser à te recycler ! Qui est ton fournisseur ? Tu n'as pas de scrupules, quand des gamins crèvent à cause de ta merde ? Dis-moi le nom de ton revendeur !

– Je vends pour payer ma conso, c'est tout !

Il est écœuré par tant de détachement. Il a envie de lui foutre un pain mais il voit sa jambe plâtrée, il ne peut pas le frapper. Il pense à sa sœur, mais il n'a pas envie de se salir les mains… Il regarde dans l'agenda, à F : Fifi, brigade des stups, etc.

– Attends, dit-il à Fred, je passe à côté !

Avec Bernard, ils jettent la poudre dans les chiottes et tirent la chasse.

— On se casse maintenant, chuchote-t-il à Bernard.

— Ouais, on va y aller... Je crois qu'il balise comme un malade, il se voit au trou depuis déjà vingt minutes, il a sa dose... elle aussi ! Je détache la petite Noire légèrement. Va récupérer les menottes de Fred, je m'occupe de sa meuf... elle, je vais l'attacher avec le sparadrap ! L'air devient malsain, t'as raison !

Bernard passe dans l'autre pièce, desserre les liens de la Black et va dans la cuisine. La fille est toujours à plat ventre, il lui retire les menottes et aussitôt l'attache avec du sparadrap.

— Vous allez nous emmener, demande-t-elle en chialant, mais on travaille avec vous ! Vous avez appelé Fifi ?

De la chambre, Fred lui dit de fermer sa gueule, que ça ne sert à rien.

— Toi, je ne t'ai pas dit de l'ouvrir ! Écoute-moi bien, tu la boucles, tu restes bien gentil, je vais t'enlever les menottes et je vais descendre voir mon chef en bas. Il attend, tu comprends ? Je vais voir si on appelle le fourgon maintenant.

Il lui enlève les menottes.

— Tu te tiens à carreaux, mon collègue reste avec vous !

Il sort de la chambre, ferme la porte. Bernard l'attend, prêt à mettre les voiles, avec une caméra, un appareil photo, il hausse les épaules... Bernard sort tout doucement, sur la pointe des pieds. Il le suit en faisant un maximum de bruit pour que les autres zozos l'entendent. Il sait qu'ils ne vont pas oser bouger au moins pendant dix minutes. Ils se voient déjà dans le fourgon, ils attendent la sentence.

Dans la rue, l'air frais surprend les faux keufs. Ils remontent leur col et disparaissent dans la nuit…

Casting

Elle vient juste d'entrer dans une agence de mannequins, depuis un mois elle s'aperçoit que ce n'est pas si simple d'être top model. Avant de parvenir à la célébrité, la route est longue... De toute façon, ce n'est pas son but, elle veut juste gagner assez de blé pour vivre, partir en voyage quand elle en a envie, inviter ses amis... Aujourd'hui sept castings d'affilée aux quatre coins de Paris, épuisant. Déjà, elle sait que sur sept rendez-vous, avec un peu de chance, il y en aura un qui marchera...

Son dernier casting fini, elle téléphone à l'agence, sa bookeuse lui dit :

— Dépêche-toi, tu as un nouveau rencart à dix-sept heures. Je sais, c'est juste puisqu'il est seize heures trente... Mais tu peux noter ?

La fille de l'agence lui donne l'adresse, et le nom de la personne qu'elle doit voir.

— Dis-moi, comment es-tu fringuée ?

— En jeans, pourquoi ?

— Parce que le client déteste les filles en pantalon, il veut qu'elles viennent le voir en robe ou en jupe !

— Écoute, je n'ai pas le temps de passer chez moi.

— Bon, alors file, ne perds plus de temps !

Elle est à Vincennes, elle a trente minutes pour aller à Boulogne. Bonjour le métro ! Elle commence à en avoir une OD du tromé, elle passe ses journées dedans... Ça fait partie du boulot. Son book à la main, elle fait penser à une étudiante.

Station Boulogne, elle sort, demande à un passant la rue où elle doit se rendre. Gentiment, la personne lui explique. Elle la remercie et part dans la direction indiquée. En chemin, elle croise d'autres mannequins, mais pas une seule de son agence. Elle entre dans un immeuble, se dirige vers l'accueil. Elle ne connaît pas l'étage. On répond à ses questions. Elle repart vers les ascenseurs, prend l'un d'eux, appuie sur le bouton du cinquième. Elle arrive dans un couloir. Des bureaux se succèdent, enfin la bonne porte. Elle frappe.

— Entrez !

La voix est si autoritaire qu'elle sursaute. La porte s'ouvre brusquement sur une fille en larmes, elle lui demande en chuchotant ce qui s'est passé. La jeune fille lui dit très vite, sur le même ton, que le mec n'a même pas daigné regarder ses photos parce qu'elle était en pantalon, il vient de l'insulter grave. Elle s'en va. « Merde, ça commence très mal, je vais me faire virer de la même façon à tous les coups ! » Elle hésite puis se décide. Elle entre dans la pièce, il trône derrière son bureau, effectivement il n'a pas l'air sympathique du tout.

– Bonjour, lui dit-elle avec un grand sourire.

Il la regarde avancer.

– Ne vous ai-je pas dit de venir en robe ?

– Je suis désolée, lorsque j'ai eu ce rendez-vous, j'ai juste eu le temps de venir ici, je n'ai pas pu passer chez moi pour me changer. Je vous prie de m'excuser !

Il s'approche d'elle, sans dire un mot, lui prend son book des mains, commence à le feuilleter.

– Pas mal, pas mal du tout, intéressant même...

Tout en parlant, il lui pose une main sur la poitrine, se met à vouloir la caresser.

Son sang ne fait qu'un tour : elle lui arrache le book et de toutes ses forces, en assène un coup violent sur la tête de ce connard.

Sans lui laisser le temps de réagir, elle prend la porte et la claque derrière elle.

– Mais pour qui se prend-il ?

Elle sait, pas mal de filles se laissent faire dans l'espoir de bosser plus. Elle ne supporte pas. Folle de rage, elle rentre chez elle.

Le téléphone sonne, elle décroche, c'est l'agence.

– Dis-moi, lui dit sa bookeuse sur un ton moqueur, la prochaine fois, vas-y mollo. Tu as failli nous l'assommer celui-ci... Il vient d'appeler, il trouve que tu as du caractère, ça lui plaît beaucoup apparemment. Tu fais toute la campagne de pub, plus trois ans sous contrat avec eux ! Bravo ! Bisou, à demain.

Sourire étonné, moue victorieuse… Elle raccroche le téléphone.

Escapade à L.A.

Ils ne se connaissent pas depuis très longtemps. Il doit retourner travailler à Los Angeles. Il a pris deux billets et lui a annoncé leur départ juste la veille. Le matin, ils arrivent à l'aéroport : bagages, billets puis passeport. Elle donne le sien. Le douanier la regarde et lui demande :

– Où est votre visa ?

– Quel visa ? demande-t-elle.

– Eh merde ! J'ai complètement oublié que tu n'as jamais mis les pieds aux States ! Le visa m'est complètement sorti de la tête... bordel, quel connard ! Eh bien tant pis, tu viens me rejoindre demain ou après-demain. Ton visa dans la poche, tu sautes dans le premier avion. Je suis désolé... quel con !

Elle est un peu triste de ne pas partir en même temps que lui. Ils s'embrassent. Ils ne sont pas très doués pour les adieux. De plus, dans ces conditions, c'est un peu idiot ! Ils partent chacun de son côté...

Elle fonce sur le premier taxi. Direct l'ambassade. Journée paperasses, journée emmerdante... contente, elle a enfin ce foutu tampon, elle peut partir demain, elle lui annoncera cette nuit au phone quand il appellera.

Le lendemain, rebelote l'aéroport, et cette fois elle monte dans l'avion. Le voyage est long mais agréable. Elle est excitée de le retrouver et de découvrir un pays qu'elle ne connaît pas. L'avion survole L.A.. Elle regarde par le hublot, fascinée par cette étendue scintillante qui n'en finit pas... un océan de lumières... L'avion atterrit, les voyageurs applaudissent. Très ricain d'applaudir une fois sain et sauf ! Ensuite l'attente à la douane, la ligne jaune qu'il ne faut surtout pas dépasser, et enfin la sortie.

Elle regarde partout. Personne. Peut-être est-il en retard ? Il lui avait promis de venir la chercher. Elle attend... Dix minutes, un quart d'heure, une demi-heure passe... toujours personne. Que fait-il ? Au bout d'une heure, elle décide de prendre un taxi, elle a l'adresse. Il n'a peut-être pas pu venir... un empêchement de dernière minute, le travail ?

Le chauffeur est un chicano, il flaire tout de suite la touriste qui débarque. Elle lui donne l'adresse dans un anglais très approximatif. Il lui demande le papier où est inscrite l'adresse, il préfère lire pour être certain. Il démarre. La balade commence. Il bavarde, lui demande d'où elle vient, ce qu'elle fait, si elle connaît beaucoup de monde ici, bref le rituel habituel. Elle regarde sa montre : minuit, heure locale. Elle est dans ce taxi depuis plus d'une heure ! Elle commence à s'inquiéter. Le conducteur, lui, dit que c'est encore loin et que ce n'est pas toujours évident de trouver du premier coup. Elle le regarde dans le rétro, il n'a pas une gueule spécialement sympa. Pourtant sa carte est en évidence sur le tableau de bord avec son nom et tout, donc c'est un mec sérieux, en apparence... Ce serait si facile de l'emmener n'importe où, de la dévaliser. Elle a deux cents dollars sur elle, elle les donnerait immédiatement ! Dans cette grande ville, elle se sent complètement paumée, à sa merci. Elle est de moins en moins rassurée, elle ne lui montre rien mais l'angoisse monte... Deux fois déjà qu'il demande son chemin à d'autres taxis ! Fatiguée par le voyage, elle ne comprend plus ce qu'il raconte. Une heure du mat, elle s'impatiente, cette ville n'en finit pas.

Enfin ils sont dans la bonne rue. Le chauffeur ralentit pour lire les numéros, il s'arrête, recule, s'engage dans un petit chemin. De l'avenue, on ne peut pas deviner la maison à cause des arbres. Et si c'était une mauvaise adresse ? Elle lui dit d'attendre. Elle sonne, personne ne répond. Elle resonne, toujours rien. Elle fait le tour, découvre une piscine. Il y a de la lumière à l'intérieur mais tout est désert. Elle sursaute. Le vent a fait tinter une des lanternes qui éclairent la façade. Une baie vitrée... Elle regarde, cherchant à l'intérieur la preuve qu'elle est bien à la bonne adresse. Ça y est, soulagement, elle a reconnu un de ses pulls posé sur une chaise ! Mais où est-il ? Elle retourne vers le taxi, le paie et, le remerciant, prend son sac. Elle va attendre, à moins que...

Tout à l'heure, en faisant le tour, elle a remarqué une porte sur le côté qui semblait mal fermée. Elle tourne la poignée. Fermée. Pourtant elle est certaine qu'un bon coup de pied suffirait à la faire céder... Y a-t-il un système d'alarme branché ? Dans le pire des cas, elle finit au poste ! Elle prend le risque. Et vlan ! La porte s'ouvre, le silence suit. Ouf ! elle est contente. Il fait un peu frais dehors, elle va pouvoir l'attendre tranquillement en s'installant et en visitant la villa...

Trois chambres, un salon, une salle à manger, trois salles de bains, plus l'immense terrasse à l'extérieur avec la piscine... pas mal la baraque ! Est-ce qu'ici les maisons sont toutes chicos comme ça ?

Elle est crevée. Elle se sert un verre, elle meurt de soif et de sommeil. Elle s'installe dans le canapé du salon, allume la télé, l'oreille à l'écoute de tous les bruits extérieurs. Elle espère un ronronnement de moteur mais, exténuée de fatigue, elle finit par s'endormir.

Une main lui caresse les cheveux. Elle se réveille en sursaut. C'est lui…

– Mais comment es-tu entrée ?

– Et toi, pourquoi tu n'es pas venu me chercher ? Je t'ai attendu une heure !

– Excuse-moi, on s'est trompé de porte à l'aéroport ! Je te présente Billy avec qui je bosse et qui habite aussi ici. T'as défoncé la porte de service, t'as raté ta vocation de cambrioleuse, dis-moi ?

– Oh, je suis désolée ! Je ne voulais pas taper si fort, c'est sûrement le décalage horaire, décalage horreur !

Il l'embrasse pudiquement, les effusions publiques ce n'est pas son truc. Elle discute un peu avec eux mais ne s'éternise pas. Ce soir-là, elle va se coucher heureuse de l'avoir enfin retrouvé…

Le lendemain matin, elle se réveille tôt. Lui dort. Elle pique une tête dans la piscine, il fait beau. De jour, sa nouvelle et provisoire demeure lui paraît plus vaste, encore plus claire, typique maison hollywoodienne. Silencieusement, après un café genre expresso, elle finit de s'installer et range ses affaires, respectant le sommeil des deux mecs qui ont sans doute travaillé presque toute la nuit. Puis elle s'installe au bord de la piscine pour bouquiner.

Vers midi, elle le voit émerger, ainsi que Billy. Au réveil, il n'est jamais trop loquace. Après un salut militaire, il se dirige vers la cuisine, se fait un expresso et vient s'asseoir près d'elle, effleurant au passage de la main ses cheveux. Après un temps de silence, il lui demande :

– Tu veux aller faire du shopping plus tard ? Billy nous accompagnera, on se baladera, j'ai besoin de prendre l'air… ça marche ?

– OK, ça gaze ! Super ! J'adore me balader en faisant du shopping et je vais voir cette ville de jour. Je suis à Los Angeles !

Elle s'étire paresseusement, contente et pensive…

Hollywood, Sunset Boulevard, Melrose Malibu, elle découvre la ville des stars. Ici, sans bagnole, on ne peut pas vivre, tout est loin et près à la fois. Billy, qui vit ici la plupart du temps, connaît tous les endroits branchés. Aujourd'hui c'est juste une promenade de routine, ils ont le temps pour attaquer Universal Studios, Disneyland, the Magic Mountain, etc. Quelques achats à Melrose, super pour les jeans ! Elle a trouvé un charmant petit imperméable, elle est ravie. Ils sont allés prendre un verre dans le café à la mode, ils ont fait des courses pour la bouffe dans un gigantesque supermarché, et ils sont rentrés dans leur décapotable. La vie est belle, elle est en vacances avec l'homme qu'elle aime, lui est là pour bosser mais son métier lui laisse tout de même pas mal de temps libre. Le séjour s'annonce bien. Lui n'est pas du genre facile à vivre, elle l'aime ainsi, ils se complètent chacun dans leurs extrêmes. Ce soir, relâche, elle ne fait pas la bouffe, pourtant elle aime cuisiner, ce sera pour les autres jours... Ils ont décidé d'aller en amoureux dans un japonais que Billy leur a conseillé. Lui a un dîner important.

Le repas est agréable. Suki yaki et légumes cuits sur une plaque brûlante devant elle, tandis qu'un clown japonais jongle avec ses baguettes. Lui a préféré un assortiment de poissons arrosé d'un maximum de saké. Le personnel est attentionné. Elle n'aime pas l'alcool donc elle ne boit pas beaucoup, lui par contre est pas mal allumé. L'humeur reste gaie. Il lui parle de son boulot, de la vie, de tout... Lui, de nature plus que timide, écorché vif, grand enfant, arrive après quelques verres à vous embarquer dans des délires hallucinants de cinglé complet, tout en gardant paradoxalement un fond de lucidité totale. Elle a parfois du mal à s'y retrouver. Pas simple, le mec ! Elle l'écoute, amusée. Lorsqu'ils sortent du resto, il vacille légèrement. L'alcool de riz chaud, même très peu alcoolisé, monte direct au cerveau. Il aime les vieux alcools, les cocktails, les bons vins ainsi que l'effet qu'ils procurent. Boit-il pour surmonter sa timidité ou pour affronter les affres de la création ? Elle ne sait pas. Elle l'a connu tel quel, tel quel elle l'aime et l'accepte. Mais ce n'est pas de tout repos...

Ils prennent un taxi, direction home, sweet home ! Pendant le trajet, lui qui est plutôt distant se rapproche d'elle, tendre, lui prend la main et lui glisse à l'oreille des mots doux. Une fois arrivés, il continue sur sa lancée et se prépare pinacoladas sur pinacoladas, cocktail à base de rhum et de lait de coco... pas dégueu ! Elle en boit deux devant la télé pendant qu'il joue tour à tour le rôle de barman et de client...

Ici c'est génial, on a le choix en ce qui concerne les chaînes de télé, ce qui est chiant c'est la pub tous les quarts d'heure ! Ils se sont choisi un vieux classique, *Casablanca,* avec Humphrey Bogart et Ingrid Bergman.

Lui est dans un état avancé, il commence à être agressif et lui envoie vanne sur vanne. Le discours n'est plus tout à fait cohérent, le dialogue se dégrade. Elle garde son calme, essayant de se concentrer sur le film.

– Regarde-moi ! Tu n'es pas contente ?

– Si, mais je n'aime pas te voir complètement cassé.

– Ça te va bien de balancer ça ! Qu'est-ce que tu as fait avant qu'on se rencontre pendant des années ?

– Je sais, je sais... je n'en suis pas fière et puis c'est du passé !

– Ouais, mais si je n'avais pas été là, tu serais morte... tu me dois tout !

– Ok, je te dois tout ! Tu es satisfait ?

– Non, tu me fais chier ! Je me pète la gueule si j'en ai envie et si ça ne te plaît pas, retourne d'où tu viens !

Elle ne répond pas.

– Allez, fais pas la gueule, espèce de conne. Des gonzesses, je peux en avoir à la pelle, tu n'es pas indispensable !

– Écoute, arrête, si tu continues je ne t'aime plus !

Il se lève, le poing levé, prêt à frapper.

– Répète ce que tu viens de dire !

Elle le regarde dans les yeux, elle sait qu'elle ferait mieux de la boucler mais elle ne peut s'empêcher de répéter, provocatrice, en détachant bien ses mots :

– Si tu continues, je ne t'aime plus !

Pan ! Le coup part. Elle se retrouve à terre.

– Quoi ? Je ne t'ai pas fait faire des milliers de kilomètres pour t'entendre me dire ça ! Ah, tu ne m'aimes plus !

Il est fou. Il l'attrape par les cheveux, lui fait descendre les escaliers. Une fois en bas, il pète les plombs. Il commence à lui foutre des coups de pied sur tout le corps, de toutes ses forces. Elle se protège tant qu'elle peut, se mettant en boule et préservant sa tête avec les bras. Elle sait que si elle riposte, il la tue, donc elle s'abstient. Elle ne sent plus les coups. Il est devenu barge, sous l'effet de l'alcool, il ne sait plus ce qu'il fait, il cogne, les coups pleuvent.

Il finit par s'arrêter, à bout de force et de souffle. Hagard, il s'assoit. Déjà il revient à lui et prend conscience de la situation. Il a honte et regrette. Elle se lève sans un regard. Elle ne pleure pas, elle a la haine, dans sa tête quelque chose s'est déconnecté. Somnambule, elle se dirige vers la cuisine, ouvre le tiroir, choisit le plus gros couteau qu'elle trouve et revient sur ses pas. Elle le regarde, l'arme à la main. Sans le quitter des yeux, elle vise l'endroit opposé de celui où il se trouve. Elle n'est pas très douée pour ce genre d'exercice, la lame ne se plante même pas dans le mur.

Ébahi, il a eu peur pendant un instant. Elle est complètement tarée, cette fille ! Il bondit pour l'attraper. Elle se sauve en courant, les nerfs lâchent, elle se met à pleurer, elle a la trouille, elle ne sait pas où aller, elle voit la piscine, et saute dedans. L'eau froide lui remet les idées en place, elle n'arrive pas à calmer ses pleurs. Qu'est-ce qui lui a pris de prendre un couteau ? Elle ne comprend pas comment elle a pu faire ça. Elle revoit sa mère les pourchassant, sa sœur et elle, un couteau à la main... Même si elle a visé bien loin de lui, il aurait pu bouger ! Elle a mal à une jambe, lui est au bord de la piscine, il fait les cent pas. L'air frais lui fait du bien, il se calme tout doucement, il entend ses pleurs, il s'en veut. Elle est au milieu du bassin, elle ne veut plus sortir, elle crève de froid, elle s'en fout. Enfin il lui demande :

— Sors de la flotte, tu vas attraper la crève !

— Non, je ne veux pas, tu es trop méchant ! répond-elle en chialant.

Il se casse dans la maison d'un air impuissant. Elle se gèle mais, déterminée, elle ne veut plus sortir. Bientôt une heure qu'elle barbote ! Il revient.

— Je t'ai fait couler un bain chaud... Allez, sors de cette piscine !

— Non, tu vas me frapper.

— Arrête ! OK ? Ne pleure plus et sors !

Elle ne bouge toujours pas. Il relève son pantalon, pose ses chaussures, s'assoit et met les pieds dans l'eau.

— Comme ça, on sera deux à avoir la crève !

Elle craque, va vers lui, elle ne sait pas si elle a envie de pleurer ou de rire.

— Je te demande pardon, murmure-t-il.

Ça y est, il lui a dit, pas si facile pour un macho de reconnaître ses torts !

— Ne me dis plus jamais que tu ne m'aimes plus ! ajoute-t-il. Tu m'aimes ?

Il la tire de l'eau.

— Oui, je t'aime. Mais ne me casse plus jamais la gueule, je ne veux plus de ta vie que tu me frappes, ça me rappelle mon enfance...

— Promis, juré ! J'ai trop bu ce soir...

Et en la prenant dans ses bras, un sourire au coin de la bouche, il murmure :

— Je t'aime, et puis je n'ai pas envie de recevoir un coup de couteau dans le dos...

— Salaud !

— Viens vite, tu es trempée, tu claques des dents !

Escale à Saint-Domingue

16 juillet 1983, onze heures, arrivée à Santo Domingo, Caraïbes. Dès qu'on sort de l'avion, la sensation est immédiate, une chaleur moite sous un ciel bleu et un soleil radieux. À la douane, on donne un bakchich de dix dollars pour entrer dans le pays, et la même somme pour ressortir. Cette formalité acquittée, les paperasses habituelles sont rapidement expédiées...

Elle se dirige vers la sortie. José est là. Depuis combien d'années ne se sont-ils pas vus ? Il vient vers elle, toujours égal à lui-même. Un peu allumé au rhum-soda, il sourit.

– Ma chérie, je suis si content de te voir ! Tu n'as pas changé... Toujours aussi tapée !

Ils éclatent de rire. Retrouvailles sans malaise.

Il porte une chemise bleue avec jeans, tennis, lunettes, sac en bandoulière. Lui, très efféminé – il ne fréquente que les garçons – avec paradoxalement un côté macho très aristo, « classieux ». Il fait partie d'une des plus anciennes familles de conquistadores. Son père est un médecin de renommée mondiale, sa mère est décédée récemment.

Ils se sont rencontrés à Paris, elle avait dix-sept ans. Ils ont vécu les mêmes galères, fait un bout de chemin ensemble, puis il est reparti dans son pays sans crier gare. Le genre d'amitié qui ne coupe pas le cordon ombilical malgré le temps et la distance. Ils se retrouvent, rien n'a changé, même complicité, même humour, même tendresse. Elle est émue. Elle savait qu'il viendrait l'attendre à l'aéroport, mais elle est très touchée. Trop souvent le temps joue de sales tours à nos prétendues certitudes...

José a réservé un hôtel, le *Palacio*. Chez lui, en ce moment, c'est complet, un ami occupe la deuxième chambre, il semble désolé de ne pouvoir l'inviter. De toute façon, après-demain c'est le week-end, direction Puerto Plata, où il a sa maison de plage, propriété de famille. D'ici là, il lui fera découvrir sa ville.

– Il te faudra au moins ça pour te mettre à l'heure dominicaine...

L'hôtel est agréable, sans prétention, ambiance coloniale, un patio avec une petite fontaine... Les chambres sont climatisées, avec un gros ventilo accroché au plafond qui tourne à la vitesse choisie. Très années cinquante la déco.

Elle est fatiguée par le voyage, escale à Saint-Martin... mais ils ont tant de choses à se raconter.

Alors elle dépose ses valises dans la chambre, se rafraîchit, puis descend au bar rejoindre José. Ils s'installent au milieu des plantes tropicales, l'eau coule dans la fontaine. Ils partent dans une discussion sans fin. Elle se plie à la coutume locale : on commence à la bière Presidente, puis on passe au rhum-Seven up. Il fait si chaud que la bière et le rhum coulent à flots. L'alcool aidant, les retrouvailles sont gaies, ils plaisantent, se marrent de la même façon qu'avant.

Il l'emmène dans un petit resto qu'il connaît, pas très loin de l'hôtel, dans la vieille ville. Au retour, ils se promènent un peu, tous deux éméchés, ne marchant plus très droit. Ils se quittent sur leurs vieux souvenirs, galamment il la raccompagne jusqu'à la porte de sa chambre.

– Chérie, à demain, je passe te chercher à onze heures. On ira chez moi, puis on fera un tour dans la ville. Adios, amor !

Un baiser à la russe scelle leur accord.

Ivre de fatigue, elle prend une douche glacée et s'endort rapidement, bercée par le ronronnement du ventilo.

La sonnerie du téléphone retentit. Les aiguilles de sa montre indiquent dix heures du matin.

– José ? Oui, je dormais, mais c'est très bien que tu me réveilles... Aïe, aïe, aïe, j'ai un peu mal au crâne, je vais demander de l'aspirine !... Onze heures trente ? OK, à tout'.

Elle raccroche. Le réveil est brumeux, elle a du mal à émerger de ses vapeurs alcoolisées. Comment font-ils pour boire autant avec cette chaleur permanente ? Elle se met sous la douche, le jet d'eau fraîche lui remet les idées en place et lui ôte la nausée. Elle s'enroule dans une serviette, se passe de la crème. Elle n'a sorti que ses produits de toilette de ses valises. C'est une habitude, jamais elle ne défait complètement ses bagages, toujours prête à repartir...

Elle s'habille, descend dans le patio désert. Deux aspirines, du porridge salé, des oranges pressées et un café... Drôle de mélange. Mais ça va mieux ! Ses cheveux encore mouillés forment des petites boucles brunes. Le visage de la serveuse, un vrai visage d'enfant, s'éclaire comme par magie lorsqu'elle sourit...

Elle remonte à l'étage, téléphone à Paris.

– Allô ?... Oui, c'est moi. Alors tu penses venir me rejoindre ?... Ouais, génial !... Dans cinq jours ? Super ! Je t'aime... Oui, je pense à toi, dépêche-toi d'arriver, tu me manques !... Je viendrai te chercher avec José à l'aéroport... Bisous partout, je te rappelle... Je t'aime.

Elle raccroche. Il a réussi à se libérer, il sera bientôt là. La journée commence vraiment bien !

Légèrement maquillée et court vêtue d'une robe à fleurs Cacharel, petites sandales claires, bandeau noir dans les cheveux, elle se met au balcon. Sur la rue. Cent mètres plus loin, un carrefour et une rue piétonnière, au coin un petit garçon qui cire les chaussures d'un monsieur en costard blanc. En face, l'entrée d'une église espagnole du XVIIe siècle. On entend la télé dans l'immeuble d'à côté, du linge sèche en haut sur une terrasse, le soleil tape un maximum. Une vraie carte postale.

On frappe, elle va ouvrir. C'est José, ponctuel, les cheveux gominés, parfumé, la chemise ouverte sur un débardeur. En sueur.

– Bonjour, chérie, ça va mieux ? Tu es superbe ! Quelle chaleur... J'espère qu'il y a de la bière dans ton frigo, bien fraîche surtout...

Elle lui tend une Presidente, en prend une pour elle.

– Tu vas voir, ma chérie, c'est parfait pour la gueule de bois. Mieux que l'aspirine !

Ils trinquent à leurs retrouvailles. Elle lui annonce que son copain va débarquer dans cinq jours. José est content pour elle. L'amour, l'amour... Il se met à chanter *la Vie en rose* de Piaf. Il danse en tenant sa bouteille enroulée dans une serviette en papier. Il adore se donner en spectacle, mimant à la perfection toutes les attitudes féminines. Elle finit par éclater de rire.

– Tu ne travailles pas aujourd'hui ?

– Oh, tu sais, il ne faut pas me bousculer ! Tu as la priorité. J'aurai tout le temps de travailler après ton départ. À Saint-Domingue, ce n'est pas le même rythme qu'à Paris... Quand tu demandes un artiste pour ton émission, il faut au moins trois semaines avant qu'il arrive. Donc je suis en attente. Je dois juste passer de temps à autre au bureau. Et puis mon émission ne débute que dans un mois ! Six mois que je suis sur l'affaire, c'est éreintant. Mais ne parlons plus de travail... Viens, on va faire un tour, ma voiture est garée juste derrière l'hôtel ! Première étape, on va chercher d'autres bières, je connais un endroit où ils les vendent vraiment glacées. Par cette chaleur, il faut au moins ça !

La voiture est un vrai four, il met tout de suite la clim à fond.

– Deux jours que je suis sans nouvelles d'Antonio, mon chauffeur ! C'est fréquent ici : s'il a trouvé un autre travail mieux payé, il en profite, puis il revient. Tu verras, nous avons d'étranges coutumes... En tout cas, ça ne m'arrange pas, j'espère qu'il sera de retour pour demain, je déteste conduire sur de longues distances. Trois heures derrière le volant, ici ce n'est pas de tout repos ! Tu comprendras sur la route de Puerto Plata... Quand ton ami sera là, je te prêterai la maison de la plage. Pour des amoureux c'est idéal !

Il lui fait un clin d'œil.

Ils longent le port, la mer, entrent dans la nouvelle ville. C'est nettement moins joli, des immeubles gris, toujours dans le style plus ou moins colonial, mais rien à voir avec la vieille ville. José lui montre l'ambassade américaine, la bibliothèque, le palais présidentiel, lui parle du vieux Balaguer, le Président… increvable celui-là ! Il se marre.

Ils arrivent devant un petit boui-boui du genre bar-épicerie, avec des volets de bois peints en bleu. Ici on vend de tout, de la bouffe aux aiguilles à tricoter en passant par les jouets d'enfants ou les télés… La boutique minuscule est une vraie caverne d'Ali Baba ! José retrouve ses copains.

– C'est ici que je fais mes courses, explique-t-il. Je passe commande, et ils me livrent. J'habite à cinq minutes à pied, juste à côté de l'ambassade américaine… On ne sait jamais, ça peut toujours servir ! Mais tiens, voilà les bières qui arrivent !

Effectivement, elles sont glacées, ça fait du bien. À peine sorties du frigo, elles sont ruisselantes de condensation. José discute en espagnol avec les deux serveurs qui ont l'air de bien l'aimer. Cela dit, c'est un excellent client, ne serait-ce que pour les boissons : bière, rhum, Seven up à gogo… Dans les îles, ils sont tous de super clients dans ce domaine ! Et à Rome, il faut faire comme les Romains. Un peu fatigant au début, mais on finit par s'habituer.

Ils prennent le chemin de son appartement. Quartier résidentiel, immeuble de trois étages. Il lui montre les fenêtres du deuxième.

— C'est ici que j'habite, nous sommes arrivés.

Ils montent un carton de victuailles — avocats, tomates, chou, thon, etc., de quoi confectionner une salade… et bien sûr un pack de Presidente qui atterrit direct dans le frigo !

Appartement sympathique de garçon : un rocking-chair, un canapé recouvert de tissu indien, une table basse, une lampe avec abat-jour, un bureau ancien en bois massif, des tapis par terre, aux murs les affiches des deux films que José a tournés pendant son séjour parisien… Très soft, très simple. Sa chambre : lit à barreaux, couvre-lit blanc en dentelle, table de nuit, étagères avec des bouquins sur le cinéma, notamment sur Maria Montez, la superbe beauté dominicaine qui devint une star hollywoodienne. Grande pureté dans le décor. Au mur, encadrée, une grande photo de ses parents, une autre de lui à seize ans. Plus loin, elle se penche sur une étagère, il y a une toute petite photo dans un cadre vénitien : c'est elle. Elle est étonnée, mais très touchée.

Tout est simple et ordonné dans cette maison, avec un côté esthète de metteur en scène dans les détails. Dans un coin, une penderie où il a conservé tous les costumes de ses films…

— Oh ! tu sais, je ne suis pas encore vraiment installé. Je ne sais même pas si je vais rester, à moins que je puisse acheter l'étage au-dessus… Je ne te montre pas la chambre d'amis, je ne sais pas s'il dort encore, et puis il est tellement désordonné !

Ils déjeunent en bavardant comme deux compères, passant en revue toutes leurs connaissances communes, pour le meilleur et pour le pire....

La porte s'ouvre, c'est Bobba, l'invité de José.

— Hello ! dit-il.

Présentations. Percussionniste d'origine dominicaine, connu dans le show-biz local comme américain, Bobba est arrivé de New York la semaine dernière. Il doit faire l'émission de José avec son groupe. Deux mois qu'on l'attendait, mais à chaque fois un empêchement quelconque repoussait son arrivée...

On frappe. C'est Antonio, le chauffeur revenant ! José lui parle en espagnol. D'après le ton, le pauvre Tonio s'en prend plein la gueule...

— J'essaie de lui expliquer que je m'en fous s'il a du boulot ailleurs... Tant mieux pour lui ! Mais qu'il me prévienne, c'est tout ce que je lui demande. Qu'il ne me plante pas sans nouvelles !

Tonio vient d'un milieu pauvre. C'est un garçon très serviable. José a confiance en lui malgré ses petits écarts.

Bobba retourne dans sa chambre passer des coups de fil. Son hôte lève les yeux au ciel :

— Le voilà qui recommence ! La ligne va être occupée pendant deux heures... Celui-là alors !

Viens, chérie, il y a un match de foot, on va regarder la télé dans ma chambre. Pendant ce temps, Tonio va faire mes bagages pour demain. Après tout, l'essentiel est qu'il soit revenu à temps pour nous conduire...

Ils passent dans la chambre, embarquant au passage leur bouteille de bière. José, très aristo, sort un fume-cigarette cerclé d'argent et de platine. Elle s'installe dans un fauteuil, lui allume la télé et s'allonge sur le lit. Puis il change d'avis :

– Ça va te faire chier, ce match de foot, de toute façon ils vont le repasser pendant quelques jours. Je vais plutôt te montrer la cassette d'un documentaire que j'ai tourné ici.

Il enclenche le magnéto, retourne sur le lit, la télécommande à la main. Elle regarde. C'est un film sur la république Dominicaine, avec le style de José, rigoureux mais piqué de touches humoristiques.

Elle tourne la tête, elle vient d'entendre un léger sifflement. José s'est endormi. Elle suppose que c'est l'heure de la sieste, elle sourit, continue de regarder le documentaire en sirotant sa bière.

Une heure passe, la bande touche à sa fin, José se réveille en sursaut :

– Oh ! je me suis endormi... Il y a longtemps ? Tu sais, la sieste, on s'y fait très rapidement ! Alors, comment tu trouves ?

– Ton île est vraiment jolie, et on sent que tu l'aimes !

– Oh ! j'ai fait ce que j'ai pu avec le budget dont je disposais… J'aurais voulu décrire une sorte d'île mystérieuse, avec un suspense à chaque découverte… Présenter Saint-Domingue comme une grande dame dévoilant ses charmes un à un ! Mais tu sais, cette île ne se laisse pas prendre facilement. Impossible de forcer les choses. Et plus ça va, plus je me demande s'il ne faut pas juste suivre le mouvement…

Elle se lève, s'allonge sur le lit, prend José dans ses bras, et le serre très fort.

– Je suis si contente d'être là avec toi, ça me fait tellement plaisir de te revoir ainsi, rien n'a changé…

Elle se tait. Il resserre leur étreinte.

– Bon, viens, on va bouger un peu ! Je vais t'emmener sur le marché, on va se balader, il fait un peu moins chaud à cette heure-ci.

Aux Caraïbes, le soleil se lève tôt, mais se couche aussi très tôt. Vers dix-huit heures la nuit commence à tomber. L'air reste épais. Ils prennent la voiture, l'abandonnent au pied de la vieille ville. Ils marchent, traversent un petit marché.

José lui demande de l'attendre devant le marchand de bières, elle s'exécute. Quelques paysans vendent leurs légumes, des artisans proposent des paniers ou des tapis. Avec cette chaleur, l'ambiance reste plutôt silencieuse. Aucun cri. Accroupis devant leur étalage, ils attendent le client. Les plus riches ont des petits tréteaux avec une planche pour présenter leurs marchandises, et une simple chaise.

José réapparaît enfin. Il lui demande de tendre l'avant-bras. En un tour de magie, il lui passe un bracelet autour du poignet.

— Il te plaît ? Regarde, il manque une pierre... Je l'ai mais ils n'ont pas pu la recoller, ils n'ont pas les outils nécessaires. Je garde la pierre, je ferai faire le travail plus tard chez un bijoutier.

Le bracelet est en argent incrusté de coraux, assez ancien. À son poignet, il a fière allure. Elle embrasse José pour le remercier.

— Cadeau de bienvenue ! lui dit-il.

Elle sait que c'est bien plus que cela : une façon de sceller à nouveau leur amitié...

Dix-huit heures, il la raccompagne à son hôtel pour qu'elle se change. Dans le petit patio, ils prennent un verre, ils attaquent le rhum, ils sont d'humeur plutôt gaie. Puis il l'entraîne sur la terrasse de l'hôtel. Là, ils ont une vue imprenable sur le port, la vieille et la nouvelle ville. Pendant que la nuit tombe sur Santo Domingo, il lui raconte des histoires de corsaires, retrace le débarquement de ses ancêtres espagnols. Puis il parle de sa mère dont la bague ne quitte jamais son doigt, et de son père qui habite à Santiago, et qu'il voit régulièrement le week-end. En allant à la maison de la plage, ils s'arrêteront peut-être pour déjeuner avec le pater. C'est l'affaire d'un léger détour. Ainsi elle fera la connaissance de son père, de sa tante, de ses cousines... toute la famille. Et après deux jours de langueur urbaine, elle découvrira la campagne dominicaine.

Demain, ils partiront de bonne heure.

Neuf heures trente tapantes, il est là. Elle est prête.

Antonio prend les bagages. José prévient la réception qu'ils appelleront pour réserver leur retour.

– On ne revient plus dans quatre jours ? demande-t-elle.

– J'ai pensé, au lieu de faire des allers-retours, tu téléphones à ton ami pour qu'il vienne nous rejoindre directement à la plage ! Il y a des petits avions directs Puerto Plata, c'est plus simple... Ça nous évite six heures de voiture, tu comprends ? Moi, j'appellerai le bureau, je serai certainement obligé de rentrer en milieu de semaine pour faire acte de présence, mais ça me laisse un jour ou deux de vacances avec vous.

– Génial, tu penses à tout ! répond-elle en finissant son café.

– En route ! Nous devons partir tout de suite si nous voulons être à l'heure pour le déjeuner familial.

Avant de sortir de Saint-Domingue, ce sont des kilomètres de petites cases faites de planches et tôles peintes. Les enfants sont sur le bord de la route, ils traversent n'importe comment. Des motos, des mobylettes surgissent subitement de petits chemins invisibles. La conduite ici est un enfer, il faut connaître chaque obstacle, ne pas relâcher l'attention une seconde, prévoir le pire à tout instant, sans parler de la route en mauvais état et des chauffeurs qui conduisent comme des cinglés !

Heureusement, Tonio est très prudent et conduit avec adresse. Il est du pays et connaît la route par cœur. Ils traversent des dizaines de villages très pauvres, mais toujours colorés. Sur le bord de la route, on cuisine pour les automobilistes : maïs, poulets à la braise, patates douces... Les enfants regardent passer les voitures, ils sont très peu vêtus, certains portent des fagots de bois.

Après trois heures de route, ils arrivent à Santiago. José lui présente toute la famille. Son père est un vieux monsieur brillant et élégant, mi-dandy mi-gentleman, d'une gentillesse étonnante, mais que l'on sent habité par une certaine lassitude. Peut-être depuis la mort de sa femme. À moins qu'il ne se fasse pas aux excentricités de son fils José... Malgré son âge, il continue d'exercer, de participer à des congrès dans le monde entier, c'est un des plus grands cardiologues actuels. Petite sieste après le déjeuner, le fils et le père se retirent pour discuter.

Puis ils reprennent la route.

Une heure plus tard, ils arrivent enfin à destination. La maison est complètement coloniale, tout en bois, avec une grande terrasse donnant sur un jardin en friche, qui s'ouvre sur la mer. Un salon, deux chambres, une douche, une cuisine, le tout très rustique. Sur la véranda en bois, un hamac. Au bout du jardin, un petit chemin conduisant aux rochers léchés par les vagues. Une maison retirée à l'écart du village. Un rêve.

Le soir, les coupures d'électricité sont fréquentes, de même que les coupures d'eau. Il vaut mieux prendre sa dernière douche avant dix-huit heures, et avoir toujours des bidons d'eau sous la main. Pour le soir, il faut prévoir des réserves de bougies. Dans la pénombre, la maison paraît immense. L'air frais du soir est le bienvenu, lorsque la coupure d'électricité les prive de clim…

Ils dînent sur la terrasse. Sur les ordres de José, Tonio est allé faire des courses au supermarché de la ville voisine. Il leur a préparé des pâtes avec de la viande hâchée, des oignons, tomates, échalotes. Quelque chose comme des spaghetti à la sauce bolognaise, plus salade de thon et avocats en entrée… Dîner aux chandelles sur la terrasse, face à la mer, quoi de plus romantique ?

José sort un paquet de cartes, il lui apprend un nouveau jeu. Mais le rhum aidant, elle ne retient pas vraiment les règles. Ils vont se coucher, éreintés par le voyage.

À son réveil, le lendemain, l'électricité est revenue. Au-dessus d'elle les pales du ventilo brassent l'air. Elle regarde sa montre, huit heures. Pas un bruit, ils doivent dormir. Elle se lève, prend un livre, et, en silence, va s'allonger dans le hamac sur la terrasse. Doucement balancée, elle regarde la mer, le soleil vient de se lever. Le bonheur...

Vers dix heures, José émerge en peignoir, prépare le café. Il a un peu forcé sur le rhum hier soir...

Il décide de l'emmener pique-niquer sur une plage déserte qu'il connaît à trois kilomètres de la maison. L'endroit est magnifique, sable blanc et fin, cocotiers pour se mettre à l'ombre, température de l'eau aussi douce que l'air. Bouquin, sandwiches et... bières fraîches. La journée s'écoule paresseusement comme un premier jour de vacances.

En fin d'après-midi, au moment où ils partent, des cavaliers passent au galop.

— On peut faire du cheval ici ?

Elle adore monter. José lui dit qu'il lui indiquera un club hippique un peu plus haut.

Au retour, ils s'arrêtent au village pour la dernière bière. Chose étrange qu'elle avait déjà remarqué à Saint-Domingue, les gens portent des flingues sans pour autant être flics. Elle se renseigne auprès de José.

— Oh, ici, ils sont fous ! C'est encore le western, les armes à feu ne sont pas interdites, n'importe qui peut porter un colt s'il le désire. La loi autorise.

Enfin... si toutefois la loi existe ! Tu sais, la vie n'a pas tout à fait la même valeur ici qu'en Europe... Tu as remarqué ces gens toujours à deux sur les mobylettes ? Ce sont les « motos-concho » : tout le monde se déplace ainsi. Ce sont nos taxis, si tu préfères. Ils t'emmènent où tu veux. Quand tu n'as pas de voiture, c'est pratique et rapide, mais souvent dangereux... tout dépend de l'état de celui qui conduit !

Elle s'absente pour téléphoner à Paris. Donner les dernières instructions à son mec. Dans deux jours il sera là auprès d'elle, il lui manque. Sans lui, pour un peu, l'air moite des tropiques deviendrait presque oppressant...

Quand elle revient au petit bar, elle trouve José en train de jouer au poker avec deux touristes français. Julien et Vincent sont arrivés il y a deux jours. Et depuis deux jours, ils viennent taper le carton avec le patron du bar. Ils sont jeunes, vingt-cinq et vingt ans, du genre aventuriers... du moins ils se la jouent comme ça ! José lui fait un clin d'œil.

Dans la rue, des petits enfants avec leur boîte de travail accostent les passants pour leur cirer les chaussures... même quand ils portent des tennis ! Les mêmes enfants, on les retrouve très tard le soir à Puerto Plata, habillés en fille, qui se vendent au premier touriste venu. Ils ont à peine huit ou dix ans... Ici, la pauvreté implique systématiquement la prostitution, la drogue, l'alcool, etc. Ils sont pourtant si mignons ces petits cireurs pendant la journée ! S'ils n'ont pas gagné assez d'argent pendant le jour, les parents les envoient le soir tapiner... pendant que le père boit les revenus de ses gamins !

*

* *

Enfin il est arrivé ! Elle est heureuse de le présenter à José. Les deux hommes se lient d'amitié immédiatement. Lui n'a aucun mal à se plier au rythme de l'île. Le soir même, José lui fait un petit show sur la terrasse, ils sont écroulés de rire, jusqu'à se rouler par terre. Tonio les regarde en souriant, mais on le sent pas trop à l'aise... Pourtant il doit avoir l'habitude des improvisations de son employeur excentrique !

Le lendemain, José reçoit la visite de quelques amis. Eux s'éclipsent, il a loué une moto. À leur retour, José leur annonce qu'il doit repartir le lendemain matin pour Saint-Domingue, qu'il reviendra le week-end prochain.

– Je dois aller un peu travailler, dit-il d'un ton ni vraiment sérieux, ni vraiment convaincant.

Le soir, ils vont fêter ça au bar du village. Les deux Français, Julien et Vincent sont fidèles au poste, en pleine partie de poker avec le patron. Celui-ci a posé son flingue sur la table, à côté de sa main droite. Ils n'ont pas l'air de rigoler, les visages sont tendus. Le litre de rhum descend à toute allure, nos deux aventuriers sont dans une mauvaise passe…

Ils n'ont pas envie de s'attarder. Ils boivent un coup et regagnent la maison. Un dernier verre sur la terrasse… Elle est un peu triste que José les quitte. Mais il reviendra dans trois ou quatre jours.

José leur donne les dernières recommandations, comment remettre l'électricité, la pompe à eau… Il leur indique les endroits où ils seront tranquilles, les plus jolies plages, le chemin du club hippique et aussi comment fermer la maison.

Lorsqu'elle ouvre les yeux, Tonio et José sont sur le point de prendre la route. Elle est contente de s'être réveillée avant leur départ. José l'étreint, lui dit de faire attention à elle. Comme elle ne parle pas espagnol, il lui laisse un petit dico. Il lui conseille de faire attention le soir, les gens sont souvent ivres, agressifs et ils ont la détente facile. Surtout ne pas se placer dans des situations dangereuses. Ils se serrent très fort.

Il vient d'émerger, José lui dit :

– Je te la confie, fais gaffe à elle, je veux la retrouver intacte ! Amusez-vous bien et pas d'excès !

Sans lui laisser le temps de réagir, José l'embrasse sur la bouche. Puis il s'en va en chuchotant à l'oreille de son amie :

– Pas mal, ton mec !

Tonio leur dit au revoir, la voiture disparaît sur la route.

Les voilà seuls, ils s'enlacent et s'embrassent dans le hamac. Puis ils se font un petit déj d'enfer avec œufs au bacon, oranges pressées, café, cigarettes... Ils prennent une douche, elle doit se rincer avec une bassine, l'eau a été coupée alors qu'elle se savonnait ! Il se fait un plaisir de l'aider.

Ils viennent de s'habiller lorsqu'ils entendent des pas rapides sur la véranda. C'est Vincent, l'air affolé, qui arrive.

– Vous n'avez pas vu Julien ? Il n'est pas rentré à l'hôtel. Hier soir, quand vous êtes passés au bar, on était en train de tout paumer au poker. Ensuite j'ai réussi à tout regagner, sinon on était dans la merde... Mais les gars ici, ils n'ont pas l'air de plaisanter question fric. Vous aviez remarqué ? Le patron du bar avait posé son flingue sur la table ! J'ai gagné encore, puis je suis allé me coucher en laissant Julien, il ne voulait pas rentrer. Je lui ai laissé une partie de l'argent que j'avais gagné... Et depuis je ne l'ai pas revu !

– Oh ! il a dû s'écrouler chez une gonzesse, répond-il. T'en fais pas, vieux !

– Non, je suis allé chez la fille où il va d'habitude, elle ne l'a pas vu.

– Alors c'est qu'il en a rencontré une autre. Rentre à l'hôtel, il va bientôt débarquer, ne te fais pas de mouron.

Il ne sait pas quoi lui dire, il ne le connaît pas, il ne sait même pas comment il a trouvé la maison ! Il peut juste lui conseiller d'attendre à l'hôtel et d'aller chez les flics si Julien ne rentre pas. Vincent est désemparé, il s'excuse du dérangement, et repart toujours inquiet.

Ils sont embêtés, ils auraient aimé l'aider davantage… mais comment ? Elle n'aime pas cette histoire. Plus tard en fin de journée, ils passeront à l'hôtel.

Ils partent monter à cheval. Leur guide est complètement taré, aussi speed que les chevaux. Galop, triple galop, ils ne connaissent pas d'autre allure apparemment… Tout juste s'ils ne font pas du jumping par-dessus les gens sur la plage. La balade de deux heures ne dure qu'une heure. Très western tout ça !

Ils rencontrent un mec, Franck, un Français lui aussi, qui possède un ranch. Il a l'air cool, lorsqu'il parle de ses chevaux, on sent qu'il en prend soin, qu'il les aime et qu'il ne les fait pas galoper à tout va sous cette chaleur. Ils boivent une Présidente ensemble. Demain ils iront à son ranch.

Lui le trouve vraiment sympa, ça lui donne envie d'apprendre à bien monter, il n'en est qu'à ses débuts. Elle se débrouille plutôt bien, question d'expérience.

L'après-midi, ils vont se baigner sur une des plages conseillées par José. L'endroit est désert, sauf qu'on trouve toujours quelqu'un disposé à aller vous chercher une bière fraîche pour quelques pesos... Ils flânent sur le rivage. Il fait des photos d'elle dans l'eau.

Sur le chemin du retour, ils s'arrêtent à l'hôtel de Vincent. Personne. Pas de nouvelles.

Ils repartent à la maison, silencieux.

Ils sont en train de dîner sur la véranda lorsque deux pêcheurs, un jeune et un vieux, débarquent. Ils ont garé leur mobylette dans le jardin. Dans un anglais approximatif, ils demandent s'ils peuvent descendre pêcher en bas, le long des rochers. Elle le regarde. Elle ne voit pas d'objection, ils ne les dérangent pas. L'autorisation à peine accordée, les deux pêcheurs ont disparu derrière les rochers.

Un peu déconcertés, ils reprennent leur dîner en tête à tête, il est vingt et une heures. Vingt-trois heures, les deux lascars ne sont pas remontés. Elle décide d'aller avec lui voir ce qu'ils font. Depuis au moins une heure, ils ont remarqué au large de la maison une lumière qui clignote, provenant certainement d'un bateau : un-deux, pause ; un-deux-trois et rebelote. Étrange... Ils prennent une lampe-torche, suivent le sentier, descendent. Personne. Ils appellent.

– Hello ! il y a quelqu'un... vous êtes là ?

Pas de réponse. Les deux intrus ont disparu, seul le bruit des vagues leur répond. Ils retournent à la maison, guettent sur la terrasse le retour des deux hommes. Leur mobylette est toujours là. L'attente est longue, les signaux continuent. Ils ne savent pas si c'est le vent ou leur imagination, mais ils entendent comme un ronronnement de moteur.

Une heure du mat, les deux pêcheurs, flanqués d'un troisième larron, surgissent dans la nuit. Ils portent de gros paquets enveloppés dans des sacs plastique. L'un deux exhibe un minuscule poisson en souriant. Ils prennent leur mobylette et disparaissent précipitamment dans le noir.

Ils se regardent. De plus en plus louche. Les intrus étaient deux au départ, les mains vides mis à part leur canne à pêche, ils reviennent quatre heures plus tard chargés comme des mulets, avec un seul poisson, et comme par enchantement ils sont trois... Contrebande ? Ils en parleront à José demain au téléphone. La maison donnant sur la mer est idéale pour le trafic, quel qu'il soit. Décidément, il se passe des choses étranges dans ce pays... Leur imagination faisant le reste, ils s'endorment sur des histoires genre *les Contrebandiers de Mountfleet*. Mais ils savent bien que la réalité est beaucoup moins romanesque que les films avec Stewart Granger ou Errol Flynn. Ils sont en plein dans les Caraïbes, l'île fait partie de la plaque tournante de la drogue…

Le lendemain, ils apprennent qu'on a retrouvé le corps de Julien au bord de la route. Tué d'une balle tirée à bout portant. Il n'avait plus de pantalon, plus d'argent, plus de chemise, plus de papiers, plus de chaussures, juste un caleçon.

Plusieurs versions courent à propos du meurtre… Deux flics seraient les coupables, ils ont été arrêtés. Ivre mort, Julien aurait trop montré l'argent que Vincent lui avait laissé, il aurait frimé au point de se faire buter pour quelques dollars… Mais l'affaire conserve des zones d'ombre.

Ils ont eu José au téléphone. Sur ses conseils, les pêches nocturnes devant la maison seront désormais interdites.

Au village, la mort de Julien passe à l'as, comme absorbée par la moiteur de la vie tropicale. Les gens en parlent un soir, ou n'en parlent pas, et les combines des vivants reprennent le dessus. Comme dit José, il faut suivre le mouvement…

Pourtant elle est sous le choc. Il le sent, veut lui changer les idées, trouver l'antidote. Il propose une exploration des fonds sous-marins. Lui est un grand pro de la plongée bouteille. Elle saute sur l'occasion, décide de passer son brevet en cinq jours avec la méthode Padi. Elle prend ça tellement au sérieux qu'il finira presque par faire la gueule : il en marre de déjeuner, de dîner entre elle et le bouquin…

Plonger, quel grand bonheur ! Sous l'eau, le temps n'existe plus. Elle s'immerge dans ce monde merveilleux et silencieux : les bancs de poissons variés et multicolores, et les coraux qui font songer à l'univers fantasmagorique du capitaine Nemo. Ces grottes que l'on traverse de part en part, ou encore cette raie qui passe majestueuse à côté de vous…

Elle évolue dans un autre élément, qui l'engloutit malgré elle, au point qu'elle aimerait parfois ne plus remonter ! On dirait que toute la beauté du monde a trouvé refuge sous la mer…

Après une plongée de près de trois quarts d'heure, ils sont complètement KO, mais d'une fatigue saine. Ils sortent de l'eau complètement sonnés par ce qu'ils ont vu, comme étourdis par l'ivresse des profondeurs.

Boulevard du Montparnasse

Près de Montparnasse, une petite rue, un resto russe, c'est là qu'ils ont décidé d'aller dîner. Ils se font vaguement la gueule, en y mettant un minimum de politesse. Elle ne sait plus vraiment pourquoi ça a commencé. Connement, à tous les coups. Ah oui ! elle a mis trop de temps à se préparer... Silence dans le taxi, ils arrivent, terminus tout le monde descend.

L'entrée dans le resto est plutôt calme. Ils se dirigent directement vers le bar, leur table est prête mais il désire prendre un verre avant. Il demande un Daiquiri, elle qui ne boit presque jamais demande la même chose. Il la regarde, étonné. Elle déteste l'alcool, elle boit cul sec, repose son verre en essayant de ne pas trop grimacer. Lui prend son temps, boit un deuxième verre, la tension monte.

— Pourquoi tu t'es fringuée comme ça ?

— Parce que j'en avais envie. Si ça te plaît pas, c'est pareil !

— Très bien, allons dîner !

Le directeur de l'établissement les conduit à leur table. Ils sont face à face. Agréable tête-à-tête en prévision.

Le restaurant est plein. Silence, elle n'a pas envie de lui parler. Deux fois elle s'est changée pour lui, mais ça ne lui plaisait pas, donc au final, la tenue n'est pas vraiment adéquate. Au menu, vodka accompagnée de bortsch. Elle a commandé de l'eau, l'idée de boire davantage d'alcool lui déplaît.

— Alors, on ne tient pas la route ? ironise-t-il. Un Daiquiri et t'es paf. D'ailleurs, joli duo avec ta tenue... T'as tort. Un petit verre, t'es sûre, non ?

— Va te faire voir, tu m'emmerdes !

Se levant brutalement, elle renverse la table sur lui, chope son blouson et, sans attendre son reste, se tire en courant. Dehors, elle avait oublié, Paris est couvert de neige. Pas grave, elle se met à courir en pensant que, de toute façon, s'il essaie de la rattraper, il ne pourra jamais : elle est plus rapide que lui.

Boulevard du Montparnasse, elle cherche un taxi, manque de bol, aucun. Elle continue de courir de toutes ses forces au milieu de la chaussée. S'il la chope, ça va être sa fête. Une bonne minute s'est écoulée depuis qu'elle a mis les voiles. Soudain, son cœur bat plus fort : elle vient d'entendre quelqu'un qui court derrière elle. Non, impossible, ça ne peut pas être lui. Les pas se rapprochent, elle n'ose pas se retourner. Le boulevard défile à toute vitesse, elle commence à être essoufflée, mais la course continue !

Brutalement on la tire par les cheveux, elle glisse, se casse la gueule, il tombe sur elle, la plaque au sol.

– Alors on voulait se sauver !

Il est hors d'haleine. Elle n'en revient pas, il n'a pas l'air en colère, il se marre.

– Tu ne peux pas m'échapper comme ça. Allez, on fait la paix !

Il se penche et l'embrasse.

Reprenant leur souffle, ils restent enlacés dans la neige.

Drôle d'idée

Il a pris un mois de vacances, c'est lui qui a tout décidé, tout arrangé, il aime lui faire des surprises. Jusqu'au moment de monter dans le train, dans cette suite royale pleine de fleurs, avec champagne et petits canapés à l'appui, elle ne connaissait pas la destination : Copenhague. Très gentleman, il a pensé que ce serait plus romantique de voyager ainsi...

Elle est comblée. Ou presque. Depuis un an ils ont pris la décision d'avoir un enfant, mais la nature est parfois capricieuse, ce n'est pas toujours comme on veut, quand on veut... Après seize heures de train, ils arrivent, une voiture avec chauffeur les attend, direction hôtel chicos. Pour elle, c'est une première dans cette ville. Les canaux, les petits ponts, les maisons semblables les unes aux autres, et tous ces gens à bicyclette. Vision charmante et accueillante.

Pendant les dix premiers jours, ils ne sortent pas beaucoup de leur suite, ils restent en amoureux...

On les aperçoit certains soirs dans les meilleurs restos. Sur les conseils de leur maître d'hôtel, ils ont découvert en pleine forêt, à trente bornes de Copenhague, une ravissante auberge où l'on dîne divinement, pendant que les animaux sortent du sous-bois et viennent presque jusqu'à votre table pour vous saluer...

Impossible de séjourner dans cette ville sans passer une journée ou deux à Tivoli, ce grand parc d'attractions avec manèges et musique, balades au milieu des fleurs et des arbres, le tout dans une ambiance de fête.

Mais aujourd'hui, il paraît bien mystérieux. Il s'est absenté une heure, il est revenu tout content. Qu'a-t-il derrière la tête ? Après le déjeuner, ils remontent dans leur suite, il lui dit :

– Mets des affaires dans un sac, on se tire quelques jours.

Elle s'exécute, un peu surprise.

– Où on va ?

– Tu verras bien.

Ils descendent, la voiture est là. Une demi-heure plus tard, ils arrivent sur le port. Le chauffeur s'arrête devant un superbe voilier tout en bois, style bateau de pirate. Tout le monde descend. Un vieux marin s'avance, se présente : le capitaine du navire, et le jeune garçon derrière lui, c'est son neveu, qui l'aide dans ses excursions.

– Nous vous attendions.

Elle est folle de joie. Une croisière, sur un bateau sublime ! Ils suivent le vieux, qui leur montre leur cabine et les laisse seuls. Il doit faire ses manœuvres, le départ est imminent.

– Alors, ça te plaît ?

Elle lui saute au cou et l'embrasse, ravie.

– J'espère qu'on va pas se faire trop chier, commente-t-il. De toute façon, c'est moi qui commande, dans le pire des cas, on revient sur le plancher des vaches.

– Pourquoi tu dis ça ? Tu as des appréhensions ? Tu n'es jamais allé sur un bateau, et moi non plus. Mais je trouve l'idée super.

Ils remontent sur le pont. Copenhague s'éloigne doucement. Ils sont sortis du port juste avec le moteur, maintenant ils sortent les voiles.

L'après-midi passe lentement, il fait beau mais le temps se gâte un peu. Il a fait des Polaroid d'elle lorsqu'elle a grimpé tout en haut du mât. Drôle d'impression, vu de là-haut. Il ne faut pas avoir le vertige. Les photos sont ratées, on ne voit que le mât : à cette distance, elle est minuscule, aucun intérêt.

Le vieux capitaine est un bavard, dès qu'il a un moment il vient raconter ses histoires. Ils se regardent. Il va falloir se le farcir tout le temps, et ils sont coincés entre mer et ciel. C'est vrai, c'est excitant les premières heures, mais ils commencent à s'emmerder. Le capitaine a déjà programmé tout un parcours, on doit jeter l'ancre tard ce soir sur une petite île, ensuite partir tôt le matin afin de gagner une autre terre le lendemain soir.

Le dîner se passe à peu près tranquillement, c'est elle qui a fait la bouffe pour s'amuser avec les provisions qu'elle a trouvées. Ils ont dîné sur le pont pendant le coucher de soleil. Mais impossible d'échapper au maître à bord, bavard comme pas permis, et qui manque souvent de tact. Ils se retirent rapidement dans leur cabine : ils n'en peuvent plus du vieux ringard. Ils entendent le clapotis des vagues qui les berce. Lui a envie de rentrer à Copenhague demain, il ne supporte plus le vieux marin, il comprend que les croisières, ce n'est pas son truc. Elle n'ose pas lui dire qu'elle s'emmerde et qu'elle en a déjà ras le bol d'être bloquée sur ce rafiot. En plus, pour arriver à rester en tête à tête, il faut aller se coucher. La tension monte. Tout juste s'il ne lui fait pas la gueule.

— Demain je parlerai au vieux schnock. Je ne t'aurais pas emmenée dans cette galère si j'avais su que ce serait aussi chiant. Demain on rentre, je déteste les croisières. Bonne nuit.

Elle a du mal à s'endormir. Il voulait lui faire plaisir mais ni lui ni elle ne sont des fans de bateaux. Il s'en veut de s'être gouré, l'ambiance n'est pas au beau fixe.

Le lendemain matin, après une discussion avec le capitaine, il revient vers elle en tirant une tronche. Le vieux fou ne veut rien comprendre, il ne parle que de son île, là où il veut les emmener. Il dit qu'ils ne vont pas regretter, qu'ils ne peuvent pas louper ça, qu'il faut apprécier le silence, et regarder la mer comme elle est belle ! Ça va, depuis hier on ne voit que ça, la mer, et le ciel ! Elle le regarde, comment faire comprendre au capitaine qu'ils veulent vraiment rentrer ?

Deux heures passent, ils tirent une gueule de six pieds de long. Il s'approche d'elle, debout à regarder l'eau, comme si celle-ci l'appelait peu à peu.

– Dis-moi, avant de se faire becqueter par les petits ou les gros poissons, tu m'embrasses ?

Elle l'embrasse puis, sans échanger un regard, ils sautent par-dessus bord en même temps... La mer est froide, le courant est fort, les vagues lourdes. Le vieux capitaine et son neveu leur lancent des cordes pour les remonter.

Plus tard, dans la soirée, ils aperçoivent enfin à l'horizon le ruban lumineux de la civilisation.

Keuf contre keuf

Ils déjeunent dans un resto à côté de chez lui. Elle lui a apporté ses examens sanguins. Depuis quelque temps, elle fait des prises de sang tous les quinze jours pour lui prouver qu'elle ne fait pas de bêtises, qu'elle n'a pas rechuté, qu'elle est nickel. C'est elle qui en a eu l'idée afin qu'il n'y ait plus d'engueulades à ce sujet, plus de doute de sa part. Il a confiance en elle. Ils ont un enfant, ils s'aiment, tout le reste appartient au passé.

Il lève la tête, la regarde et lui dit :

— Je vais te donner un tuyau, que je tiens de source sûre. Je sais que tu as les stups au cul, ils te filent le train soi-disant à cause d'un mec qui aurait balancé ton nom. Ils sont dans la rue. Je crois qu'ils surveillent tout le quartier mais tu es dans leur ligne de mire. Je sais que tu n'as rien à te reprocher, c'est ce que je leur ai dit, mais tu les connais, ils n'y croient pas deux secondes. Voilà les nouvelles fraîches du jour !

— Qui tu as eu ?

— J'ai eu le big boss ce matin au téléphone. J'ai essayé de lui expliquer, il ne veut rien entendre, il m'a juste demandé de fermer ma gueule auprès de toi... voilà, je la ferme maintenant !

Elle lui fait un bisou.

— Merci du renseignement.

Ils finissent de déjeuner en s'entretenant d'un sujet plus essentiel : l'enfant.

— Tu me l'amènes ce soir ? On dînera à la maison, je lui préparerai des pâtes aux lettres, il adore ça... OK, baby !

— Ça roule, à ce soir !

Elle s'en va en taxi. Elle a une petite idée... Elle en a ras le bol qu'on vienne l'emmerder jusque dans sa rue. Elle sait, ils font leur boulot, ils suivent les ordres. N'empêche... Arrivée, elle se fait déposer au bout de sa rue. Effectivement, il y a deux mecs qui font la causette, un journal sous le bras, casquette, blouson, baskets... Il faut le savoir, on pourrait s'y méprendre. Plus loin dans une bagnole, il y en a deux autres. Que d'attention on lui porte actuellement, pour un peu elle en serait presque touchée !

Elle rentre chez elle. Le petit est à l'école. Tant mieux, elle a tout l'après-midi pour agir ! Elle n'aime pas se sentir surveillée sans raison.

Elle décroche le téléphone, compose le numéro du commissariat de son arrondissement. Elle obtient un commissaire et lui demande ce qu'elle doit faire : depuis une semaine elle se sent suivie dès qu'elle emmène son enfant à l'école. Elle a peur qu'il se produise une catastrophe, qu'on enlève son fils… Aussitôt, on lui dit de venir faire une déposition, ainsi ils pourront agir par la suite. Elle raccroche. Elle sort, direction commissariat. Là-bas ils l'attendent. Le commissaire qu'elle a eu au téléphone la mène vers le grand chef auprès de qui elle fait sa déposition. Elle décrit avec précision les mecs qu'elle a vus dans la rue. On lui demande depuis quand elle les a repérés.

– Depuis au moins cinq jours…

Elle a la certitude d'être épiée.

– Vous allez venir avec nous, lui dit le commissaire. Deux inspecteurs vous accompagneront lorsque vous irez chercher l'enfant, vous nous montrerez discrètement les personnes suspectes. Ensuite vous rentrerez chez vous normalement, et nous nous occuperons de ces lascars. Ne vous inquiétez pas, nous les coffrerons ! Faites-nous confiance, nous prendrons notre temps pour être sûrs qu'ils en ont après vous. Je pense que d'ici la fin de l'après-midi ils seront sous les verrous !

– Je vous remercie d'agir aussi rapidement.

Elle sort du bureau, escortée par deux flics en civil. Ils la déposent chez elle, lui disent qu'ils vont faire un tour dans le quartier voir ce qui se passe, et lui demandent à quelle heure elle va chercher le petit. Ils reviendront à temps la prendre pour aller à l'école.

Une fois chez elle, elle esquisse un léger sourire, tout a fonctionné à merveille. Plus de temps à perdre, elle ne tient pas à être dans le quartier lorsqu'ils alpagueront les stups ! Elle prépare un sac en prévision d'un ou deux jours d'absence. Elle va aller avec le gamin dormir chez le papa, de toute façon ils devaient dîner ensemble, ils prolongeront leur visite, elle lui expliquera. Il va encore trouver qu'elle exagère... oh, ce n'est pas nouveau ! De toute façon, pour les keufs, elle ne pouvait pas savoir que c'était d'autres flics qui la surveillaient ! Elle a juste eu peur. Il n'aura qu'à tenir le même raisonnement, il risque fort d'avoir des échos... Quand même dommage de ne pas voir la tête des keufs au moment de l'interpellation ! En plus, ils ne se pardonnent rien entre eux... Arrestation entre collègues, quel souk !

Son sac est prêt. On sonne à la porte. S'ils lui demandent où elle va, elle rapporte juste les affaires d'une copine. Elle monte dans la voiture. Elle regarde attentivement la rue. Tiens, ils ont changé d'équipe, ce ne sont pas les mêmes que tout à l'heure, mais toujours deux types au même look au bout de la rue qui discutent !

— Vous avez repéré quelque chose ? demande-t-elle, l'air anxieux.

— Oui, vous voyez les deux gars là-bas, ils n'ont pas décollé depuis tout à l'heure, ils ont l'air de s'intéresser aux allées et venues chez vous. On pense aussi qu'ils ont des complices en voiture, vous allez nous dire…

— Oui, ce sont les mêmes que je vous ai signalés, ils sont encore là !

— Très bien. Nous allons vous déposer devant l'école, ensuite vous ferez comme d'habitude et comme si on n'était pas là… d'accord ?

— Tiens, tiens, ils nous suivent !

— Voilà, c'est ici ! dit-elle.

Elle sort de la voiture, ils continuent. Ils ont certainement d'autres collègues planqués, maintenant elle ne peut plus savoir au milieu de tous ces flics qui est qui, mais ce n'est plus son problème. Elle passe prendre son môme, l'embrasse, lui prend la main, sort de l'école, à la recherche d'un taxi. En voici un, elle fait signe, ils montent. La voiture démarre, elle donne l'adresse. L'enfant est sur ses genoux, d'une geste tendre elle le serre dans ses bras.

— Où on va ? demande-t-il.

— On va voir papa.

Chinatown

Chinatown, vingt-deux heures. Les néons clignotent, les rues sont silencieuses, quelques silhouettes se promènent dans l'ombre. Une odeur de friture mêlée à des épices inconnues vous donne tout de suite l'eau à la bouche. Les restos se succèdent, thaï, viet, chinetoque… sans oublier toutes ces tours, Les Olympiades, où se passe toute la vie secrète du quartier chinois, les jeux, le travail clandestin, toutes les combines de la mafia.

Elle vient de récupérer sa petite-fille chez son fils. Celui-ci est malade, sa femme absente, il lui a demandé de garder l'enfant ce soir. Elle est ravie. Quelle grand-mère ne serait pas heureuse de profiter d'un petit bout de chou de deux ans, le gâter, le cajoler, lui raconter des histoires, le câliner de milliers de bisous ?

Son fils habite dans une de ces tours. La voici avec l'enfant dans la poussette, traversant cet agréable quartier asiatique. Elle arrive à l'intersection des rues d'Ivry, de Choisy et de la rue Tolbiac.

Soudain une voiture s'arrête dans un hurlement de pneus. Deux individus en jaillissent les bras chargés, l'un deux un flingue à la main. Ils se précipitent vers une voiture dont la conductrice est en train de démarrer. Ils ouvrent la portière. Sous la menace du revolver, la femme est tirée brutalement de son véhicule. Dans la précipitation, un des hommes perd un sac qui tombe à terre, puis un autre. Le premier sac reste fermé, mais dans la chute le deuxième s'ouvre, et des billets de deux cents francs commencent à s'éparpiller sur la chaussée. Les deux individus sautent dans la voiture et partent à toute allure.

Tout cela s'est passé en trente secondes, comme dans un film de gangsters. Ils ont abandonné leur voiture avec les phares allumés...

Des passants courent après les billets, essayant d'en récupérer le plus possible, les fourrant dans toutes leurs poches. Un billet vole jusqu'à son pied. Elle se baisse doucement pour le ramasser. Au premier étage, une dame lui crie :

– Madame, allez chercher le sac ! Traversez la rue, il y a un autre sac, regardez !

Elle l'a vu mais elle n'est pas seule, elle est avec sa petite-fille. Elle a envie d'aller le chercher mais elle ne peut pas, elle ne veut prendre aucun risque avec l'enfant. Un troisième malfaiteur peut surgir, on ne sait jamais... Elle regarde, un Chinois se baisse pour ramasser le sac, s'enfuit à toute allure et s'engouffre dans un restaurant. Elle n'en revient pas ! Elle s'en va, poussant le berceau devant elle.

Dans la poussette, l'enfant sourit.

Le sorcier

Le ciel est gris, le monde pas vraiment bleu. Le soleil essaie en vain de percer. L'air est moite et humide, la chaleur inflige comme un ralentissement à la vie. Quarante degrés à l'ombre, mais il ne fait jamais vraiment beau.... Et même pendant la journée, on est à la merci des moustiques ! Cette atmosphère pesante, c'est l'Afrique...

Libreville, janvier 84.

Elle est venue hier rejoindre son mari. Lui est là depuis une semaine pour le tournage de son prochain film. Sans la climatisation, on étouffe, mais dès qu'on la branche, on chope la crève. Alors au choix ! L'hôtel : style moderne, grande tour dans le quartier présidentiel. D'ailleurs, il appartient au Président. Mais qu'est-ce qui ne lui appartient pas dans cette ville ? Les deux hôtels chicos sont à lui. Tout est sous son contrôle. Il participe même au budget du film ! Lorsqu'on sort, la différence entre l'air climatisé et la chaleur produit comme un choc. On pénètre dans un four, la sueur colle les fringues à la peau, tout le monde dégouline, les Blacks, pourtant habitués, ne font pas exception à la règle. Elle a fait connaissance avec les acteurs et l'équipe de tournage. Ils souffrent de la température, de l'humidité, des moustiques... Il faut sans doute un temps d'adaptation...

Elle a trois mois pour découvrir ce pays. Quelles surprises lui réserve-t-il ? D'étranges histoires courent, plutôt effrayantes... Un chauffeur de taxi lui a raconté que, dernièrement, un Blanc a renversé un enfant en voiture en pleine brousse. Sous le choc, le conducteur a perdu le contrôle du véhicule, qui a heurté un arbre. Il s'est fracturé le bras et quelques côtes, mais surtout il ne s'est pas arrêté. Il savait que s'il stoppait pour secourir l'enfant, il était un homme mort, les indigènes se précipiteraient sur lui et le tueraient à coups de machette. Il se rendit donc à l'hôpital le plus proche pour se faire soigner. On l'obligea à rester une nuit, le temps des radios, etc. Là, il eut le malheur de raconter son accident aux personnes qui lui prodiguaient des soins... Pendant la nuit, les parents et les proches du môme renversé vinrent achever à coups de machette le chauffeur malchanceux.

À l'hôtel, le barman lui a fait le récit d'une autre histoire aussi peu rassurante. Le chef cuistot traitait tellement mal son personnel que tous les employés le détestaient. Un beau jour, il tomba brusquement malade. On l'emmena à l'hôpital mais son état empira. On décida alors de le rapatrier en France où ce fut l'échec total, personne ne savait de quelle maladie il souffrait. Si bien qu'on le réexpédia en Afrique, sous prétexte de mieux le soigner sur place, là où sa maladie s'était déclenchée. Une semaine après, il rendait l'âme. On a parlé de vengeance et d'empoisonnement mais aucun médecin n'a pu diagnostiquer la cause de son décès. Il est mort dans d'horribles souffrances… « Après tout, il n'a eu que ce qu'il méritait », conclut le personnel qui ne semblait nullement affligé. Cela datait de quinze jours…

Lui travaille beaucoup. Le soir, il rentre épuisé. À Paris, nouvelles alarmantes avant son départ : s'il ne décroche pas de certaines mauvaises habitudes, le toubib lui a annoncé qu'il lui donnait deux ans maximum. Son état général est loin d'être brillant, on l'a condamné. Lui n'y croit pas… Cependant, il voit une nette différence lorsqu'il monte un étage, il a les jambes sciées et le souffle court. Il souffre dès qu'il doit rester longtemps debout. Comme disait Humphrey Bogart : « Chaque cigarette est un clou de plus à mon cercueil. »

Ils sont les seuls au courant de son état. Elle est très inquiète, elle sait pertinemment qu'il ne changera pas son mode de vie. Que faire ? Alcool plus clope, mélange fatal... elle désespère. Pour lui, elle est prête à tout. Mais déjà elle constate qu'il essaie de lui cacher sa fatigue :

– Non, non, tout va bien, ne te fais pas de bile, ma petite poulette... juste un peu fatigué par la journée ! C'est à cause de la chaleur, de la tension...

Il est extrêmement rigoureux dans son travail. Un moment pour la rigolade, mais quand il dit « Moteur ! », fini de rire, le boulot avant tout. Penser aux prochains plans pour le lendemain, cela demande beaucoup de gamberge. La santé qui déconne, il n'a guère de temps à lui accorder.

Elle le suit sur le tournage, discrète, invisible. Elle est heureuse quand arrive le soir, ce sont les seuls moments où ils peuvent parler, se retrouver. Elle ne dit pas un mot de son inquiétude, elle sait que ça l'agace, mais il lit dans ses pensées, il la connaît par cœur.

Le soir, pas grand-chose à faire à l'hôtel. Le casino... bof, c'est pas vraiment son truc ! La boîte de nuit, non merci, elle préfère se coucher tôt et rester près de lui. À la fin des émissions de télé, ils se regardent et éclatent de rire : tous les soirs, ils ont droit à un « bonne nuit » du Président, plus une chanson. Elle se lève et se met à chanter et danser au rythme de la chanson : « Bon Président Bongo vous souhaite un bon dodo ! » Ou une connerie dans ce genre !

– Demain, c'est jour off ! Le matin, je fais des repérages pour les scènes d'après-demain. Si tu veux, ensuite, on peut visiter le marché de la grand-place dans la vieille ville… Il paraît que c'est super : le plus grand marché de la semaine !

– Génial, moi qui voulais me balader un peu, ça tombe à pic !

Ils s'embrassent longuement. Travelling avant. Coupez !

Il s'est endormi. Elle n'arrive pas à trouver le sommeil, elle réfléchit aux avertissements du toubib. Que faire contre la fatalité ? Et si elle allait voir un sorcier… Le vaudou lui fait peur, mais un sorcier ici c'est pratique courante, on soigne comme ça ! Bien sûr, il y a les arnaqueurs, les charlatans, mais si elle se renseigne bien, avec un peu de bol… Au point de non-retour il faut tout essayer. Demain elle s'en occupe ! Avec tendresse, elle le regarde dormir, puis dépose un baiser silencieux sur sa bouche.

– Bonsoir, mon amour, susurre-t-elle.

Huit heures du mat. Pendant la nuit, elle a coupé, remis, coupé, remis la clim. Il fait froid, elle se lève pour l'éteindre. Il est réveillé, une cigarette à la main.

— Bonjour, ma petite cocotte ! T'as bien dormi ?

— Comme ci, comme ça, répond-elle en se blottissant contre lui. J'avais trop chaud, après trop froid, j'ai fait la navette entre la clim et le lit ! Par contre, toi, tu as dormi comme un bébé. Bisou, réclame-t-elle.

— C'est toi, mon petit bébé pour l'instant...

Il s'exécute.

— Tu veux ton petit déj ?

— Affirmatif.

Elle prend le téléphone.

— Bonjour ! Deux cafés serrés, s'il vous plaît, suite 9080.

À peine a-t-elle raccroché que la sonnerie retentit. Il décroche.

— Allô ? oui, bonjour !

Silence.

— Merde, qu'est-ce que c'est ? C'est grave ? Comment on attrape ça ?... Deux !... Bon, tiens-moi au courant de l'évolution ! Salut.

— Des emmerdes ?

— Deux malades... Ils ont attrapé une saloperie dans les yeux. C'est douloureux, paraît que ça ressemble à une conjonctivite puissance mille. Mais viens, on va à la fenêtre !

— Pourquoi ?

— Tu vas voir...

Stupéfaction, des milliers de papillons blancs ont envahi tout Libreville. Hallucinant !

– Qu'est-ce que c'est ?

– Je ne sais pas, dit-il, on dit que le pollen qu'ils dégagent dans l'air déclencherait cette connerie dans les yeux... On est bien barrés ! Heureusement qu'on ne tourne pas aujourd'hui, un des acteurs est contaminé avec un mec de l'équipe ! Depuis qu'on est arrivé, pas une journée sans que quelqu'un chope quelque chose. Nous les Blancs-Becs, on est bien fragiles dans ces pays.

Il mate les papillons, songeur... Puis il passe dans la salle de bains, s'habille, boit son café qu'une serveuse vient d'apporter.

– À tout'! J'y vais, ils m'attendent. Je ne pense pas en avoir pour très longtemps, quoique ici la notion de temps soit très relative...

Il claque la porte. Elle se retrouve seule devant son café qui refroidit. Elle saute sur une clope. Elle se retient devant lui, même si ça ne sert pas à grand-chose Donner le bon exemple ? Il n'en a rien à cirer ! Pour l'heure, elle cherche qui va pouvoir lui donner des tuyaux sur son grand Manitou... Machinalement, elle allume la télé : infos.

– Vous allez assister en direct à l'exécution publique sur la grand-place, devant le palais présidentiel, nos reporters sont sur place, commente la présentatrice.

Image de trois hommes ligotés à un poteau, l'air résigné. Quelqu'un les interroge.

– Qu'avez-vous fait ?

– J'ai trompé ma femme.

Le deuxième fait la même réponse, et le troisième : – J'ai volé une chèvre.

– Vous trouvez normal qu'on vous tue pour ça ?

– Oui, répondent-ils, honteusement.

La sueur coule sur leur visage immobile, pas un n'a un mouvement de révolte... Le spectacle est poignant, inhumain. Horrifiée, elle continue à regarder. On demande aux condamnés s'ils veulent qu'on leur bande les yeux. Deux hochent la tête en signe d'assentiment, le troisième refuse dans un sursaut de fierté. En face d'eux, le peloton d'exécution. Un de ceux qui portent un bandeau demande pardon, il hurle des choses qu'on ne comprend pas. La caméra fait des gros plans sur les fusils, qui semblent dater d'une autre époque.

– En joue ! feu !

Pan ! Pan ! Pan ! Combien de coups de feu, on ne les compte plus. La caméra se déplace, à nouveau gros plans, mais sur les impacts de balles... l'horreur ! Ils ne sont pas morts, juste troués de partout. Silence écrasant. Un soldat s'approche pour donner le coup de grâce, une balle dans la tête de chacun met fin à ce spectacle atroce.

Dans quel siècle vivons-nous ? Elle se demande si ce qu'elle vient de voir s'est réellement passé ou si elle est en plein cauchemar. Est-il permis de pratiquer encore la peine de mort de cette façon ? Pour des fautes si peu graves, dans ce pays, on peut être fusillé ! Comment les gens peuvent-ils se déplacer pour aller assister à ces exécutions ? Comment peut-on filmer et passer ces atrocités à la télé ? Elle est choquée, ces images resteront à jamais gravées dans sa mémoire. Rien de tel pour commencer la journée, d'un seul coup la vie sombre dans une dérision accablante.

« Bon, secoue-toi, ma vieille ! Ne te laisse pas aller, ce n'est pas le moment ! » Ce n'est jamais le moment...

Elle se douche. L'eau qui coule sur son corps lui donne une sensation de pureté, comme si elle se lavait de toute la crasse du monde. Cette eau fraîche lui fait du bien, elle se sent mieux. Elle s'habille légèrement : short kaki avec débardeur blanc, aux pieds tennis blanches. Petite tenue gracieuse, il aime quand elle s'habille ainsi.

La femme de chambre entre pour faire le ménage. Une grosse doudou, souriante, gentille, en trois jours elles sont devenues copines. Et si elle lui demandait l'adresse d'un sorcier !

— Dis-moi, doudou, tu pourrais me rendre un service ? J'aimerais aller voir un sorcier, c'est très important.

La grosse et sympathique femme la regarde, puis lui répond :

— Moi, je n'ai pas d'adresse sérieuse. Et je ne vais pas te filer une adresse bidon, c'est pour les touristes, ajoute-t-elle en se marrant. Toi, je t'aime bien… Alors va sur la place du grand marché et demande Maman Yolande, tu lui dis que tu viens de la part de Mme Ginette, tu seras bien reçue !

Touchée par sa gentillesse, elle l'embrasse.

— Merci, doudou, tu me sauves la vie, je te raconterai plus tard !

Elle prend son sac et descend au bar. Elle va l'attendre ici, il ne devrait plus tarder. Elle entend un sifflement.

— Dites-moi, la jolie gonzesse, c'est avec moi que vous avez rendez-vous ?

Elle se retourne, sourit.

— T'es con !

— Je bois un verre, poupée, et on y va !

Il est tout en sueur, sa chemise est trempée.

— Ça s'est bien passé tes repérages ?

— Au poil ! Nous sommes allés dans un marécage plein de mouches tsé-tsé ! Bzzz, bzzz… pique !

Il fait semblant de ronfler, ouvre un œil, se marre et finit son verre.

— Let's go ! Tu verras demain, c'est assez impressionnant cet endroit !

— Mais, ce n'est pas dangereux les mouches ?

— Non, aucun risque. Tu ne penses pas que j'entraînerais mes acteurs et mon équipe dans une galère dangereuse ! C'est assez galère comme ça, conclut-il, pensif…

Ils montent dans un taxi. Pendant le trajet, elle lui raconte ce qu'elle a vu à la télé. Il est déjà au courant. Drôles de coutumes dans ce pays ! Ils se font déposer sur la grand-place du marché. Il fait une chaleur pénible, ils sont en nage. Les mouches tournent autour de la nourriture, des milliers de mouches... et tous ces papillons offrent un spectacle surréaliste. Une autre planète.

— Regarde, ils vendent des singes, ce sont des bébés ! Ils les ont tués et ils ont enlevé leur fourrure... beurk, c'est dégueulasse ! lui murmure-t-il.

— Tu penses qu'ils les bouffent ?

— Bien sûr, qu'est-ce que tu crois ! Ils les exposent pour quoi, à ton avis ?

Elle est écœurée. Ils se promènent et arrivent dans un endroit plus gai. Ici, ce sont les épices, les encens, les parfums, les tissus bariolés... Tout est installé sur la terre battue. Les vendeurs sont accroupis et marchandent. Ici, l'odeur est plus agréable. Un groupe de doudous est assis sur des marches, elles papotent. Elle s'arrête, s'approche de l'une d'elles et lui demande discrètement si elle connaît Maman Yolande. Elle lui répond qu'elle s'est absentée, qu'elle va bientôt revenir, et l'invite à s'asseoir sur les marches. Cinq doudous commencent à lui tresser les cheveux. Malgré la chaleur, l'ambiance est sympathique. Elles lui posent des questions tout en continuant le tressage, elle répond, de bonne humeur. Lui les regarde, il trouve le spectacle charmant. Un vieux Noir l'accoste, lui propose de goûter son vin de palme.

– Ne bouge pas d'ici, je reviens ! De toute façon, elles en ont pour un petit moment...

– M'sieur, dans vingt minutes votre dame aura plein de jolies petites nattes, nous, on est les plus rapides du marché !

Elles rigolent.

– D'accord, je viens la chercher dans vingt minutes.

Il s'éloigne avec le vieux.

Au bout de chaque natte, elles lui mettent des perles de toutes les couleurs. Une grosse voix féminine la fait sursauter.

– Alors, il paraît que tu me cherches ? Je suis Maman Yolande.

Une Black énorme est à côté d'elle, les mains sur les hanches.

– Oui... je viens de la part de Ginette.

– Ah oui, alors tu viens de l'hôtel *Président* ! Comment va-t-elle ?

– Bien... Je crois !

Elle se sent intimidée.

– Alors, qu'est-ce que tu me veux ?

– Eh bien, voilà, je voudrais aller voir un sorcier, c'est très important. Ginette m'a dit que tu pourrais m'aider...

La grosse mama la fixe dans les yeux puis se met, elle aussi, à lui faire des nattes.

– D'accord, je vais t'aider car tu as besoin d'aide. Je vais te donner l'adresse d'un de mes amis, il habite dans le quartier où les Blancs ne mettent pas les pieds. Ce sont les bas-fonds de Libreville, tu devras faire bien attention. Ne t'habille surtout pas comme ça, tu te ferais agresser !

Elle s'arrête, prend un stylo, lui écrit sur un bout de papier une adresse, et lui tend.

– Tout est marqué : le nom, l'adresse, le numéro de la case... Voilà, je te souhaite bonne chance, tu verras, tu ne seras pas déçue !

Maman Yolande se tait et finit sa natte puis, sans attendre un « merci », elle disparaît.

Elle demande aux doudous si Maman Yolande va revenir ; elles ne savent pas.

– C'est un vrai courant d'air, dit l'une d'elle en éclatant de rire.

Elles ont fini. Elles lui passent un miroir pour qu'elle se regarde. Ça alors ! Ça la change complètement, ça la rajeunit, elle aime bien ! Elle les paie largement.

Tout à coup il débarque, une bouteille de vin de palme à la main.

– Eh, c'est mignon cette coiffure, c'est rigolo ! Viens ici que je te touche ! Ça te va bien.

Il lui caresse la tête, c'est amusant au toucher. Elle remercie les doudous, qui sont ravies. Elles lui disent qu'elle peut garder les nattes pendant plus d'un mois, et faire des shampooings sans problème. Ils s'éloignent, achètent quelques parfums et des tissus. Ils sont épuisés, la poussière et la chaleur ont eu raison d'eux. Ils rentrent à l'hôtel. Secrètement, elle pense : mission accomplie... Mais il va falloir passer à la deuxième partie du programme !

Ils sont contents de leur après-midi. Arrivés à l'hôtel, ils prennent une douche, s'installent sur le balcon. Mais ce n'est pas tenable, il fait trop lourd, donc ils se réfugient à l'intérieur. Il a déjà ouvert la bouteille qu'il a ramenée et lui fait honneur. Ce soir, ils iront dîner avec le chef-op dans un petit restaurant africain.

Dix-sept heures, il a une réunion avec l'équipe dans une salle près de la piscine. Elle a champ libre jusqu'à vingt heures, elle décide de se rendre à l'adresse le jour même... pourquoi perdre du temps ? Elle s'habille légèrement, comme lui a conseillé la doudou : jeans, tee-shirt un peu large, baskets. Elle ne prend pas de sac, elle met dans sa poche de l'argent, une photo de lui et s'en va. Pas très rassurée, elle saute dans un taxi. Heureusement qu'il ne se doute pas un seul instant de ce qu'elle fabrique ! Lui aussi a parlé des bas-fonds de Libreville, il lui a fait promettre de ne jamais y mettre les pieds, lui a expliqué que c'étaient des endroits très dangereux, d'où l'on ne revenait pas les trois quarts du temps. Pourvu qu'elle tombe dans le bon quart !

Le chauffeur regarde l'adresse, puis regarde sa passagère, fait la grimace et lui dit :

– Je ne peux vous amener jusqu'à l'adresse même, je ne vais jamais dans ces quartiers-là, c'est dangereux. Vous êtes folle, moi qui suis noir, jamais je ne m'aventurerais là-bas ! Vous savez, il existe des Africains qui vous tuent pour vous manger, c'est pratique courante dans ces endroits-là ! Je ne sais pas ce que vous allez faire là-bas, ça ne me regarde pas, mais je ne peux vous amener jusqu'au bout. Je vous laisserai à proximité, là où la route est encore goudronnée, après il faudra vous débrouiller avec l'aide de Dieu, dit-il en levant les yeux au ciel. M'dame, vous êtes folle, je vous aurai prévenu !

– D'accord, d'accord, on y va, répond-elle. Je me débrouillerai...

Elle est angoissée mais ne veut pas le montrer. « Il ne m'arrivera rien », se répète-t-elle mentalement. En fait, elle a tellement la trouille qu'elle en oublie la chaleur, les papillons et les moustiques.

– Dites-moi, monsieur, là où je vais, c'est loin de la route goudronnée ?

– Je ne sais pas au juste, je vous ai dit que je n'y allais jamais, je sais juste qu'après, c'est des routes de terre battue, Il faudra demander votre chemin... À votre place, je ferais demi-tour...

– Mais on est encore dans Libreville ?

– Oui, bien sûr, c'est le quartier pauvre... ce sont les bidonvilles !

– Ah bon ! Ben... on continue.

Au bout d'une demi-heure de trajet, il lui annonce que c'est ici qu'il la laisse. Elle regarde autour d'elle, la nuit commence à tomber... Que des cases, des cabanes en bois coloré, avec des toits de tôle, des enfants à moitié nus qui examinent le taxi, et d'autres regards un peu plus antipathiques. Elle demande au conducteur s'il peut l'attendre ici pendant trente minutes, elle lui paiera son attente et lui laissera de l'argent. Il réfléchit un moment et, compatissant, il accepte, lui disant qu'il n'attendra pas une seconde de plus que convenu. Elle est légèrement soulagée, sauf que le mec peut aussi bien la planter et se tirer. On verra bien...

Elle sort de la voiture, marche sur la route de terre. Au bout de cinq minutes, malgré les regards hostiles et curieux, elle se décide à accoster une vieille Noire. Elle lui montre le papier où l'adresse est inscrite. La vieille hoche la tête, marmonne entre ses dents, une casserole à la main, puis lui montre la route, lui dit de continuer, qu'elle va arriver à un carrefour. Elle lui demande si c'est loin. La vieille fait « non » de la tête en disant :

– Je connais bien, je connais bien !

Dans un dialecte qu'elle ne comprend pas, la grand-mère appelle deux gamins qui jouent tout près et leur parle. Elle lui fait signe qu'elle doit suivre les enfants. Un des gamins la prend par la main, avec un grand sourire.

Ouf ! elle se sent un peu mieux, mais son cœur continue à battre… Effectivement, cent mètres plus loin, il y a un carrefour. Les enfants prennent à droite, puis à gauche, et s'arrêtent devant une case. Elle ne sait comment les remercier. Dans une de ses poches elle trouve deux chewing-gums, elle leur donne. Ils rigolent et partent en courant.

Elle regarde sur le papier, c'est bien le numéro de la case. Elle entre, personne. Elle se retrouve dans un lieu réduit, délimité par un rideau. Tout autour d'elle, il y a des crânes, sur des étagères des bocaux remplis de poudre grise, des bâtons avec au bout comme des cheveux… le lieu est plus qu'effrayant. Une envie folle de prendre ses jambes à son cou la saisit, mais à ce même moment le rideau se lève, et un petit homme noir apparaît dans la pénombre. Il allume des bougies, il est juste vêtu d'un paréo, le torse nu, il la scrute avec des yeux inquisiteurs. Elle tremble de peur, elle ne peut plus bouger, elle le regarde. D'un ton calme, apaisant, il lui dit qu'il sait pourquoi elle est là, lui demande de sortir la photo qu'elle a dans sa poche. Elle n'en revient pas ! Comment peut-il savoir ? Elle sort la photo de son mari. Il la met sur une espèce de petit autel, entre les bougies.

Silence. Il ne dit pas un mot pendant dix minutes, il ferme les yeux… La frayeur de sa visiteuse s'estompe.

Soudain il soulève les paupières, à la lueur des bougies il semble avoir des yeux de fou. Sans la regarder, il lui parle d'un trait et lui dévoile du début jusqu'à la fin les problèmes de santé de son mec, ce que les médecins lui ont dit, enfin tout ce qu'elle et son mari sont les seuls à savoir. Il lui explique que ce soir il ne peut rien faire. Mais qu'elle revienne dans deux jours, à la même heure, il va lui confectionner un gri-gri qui se présentera sous forme d'un petit carré de cuir cousu. À l'intérieur, il mettra ce qu'il faut pour conjurer le mauvais sort. Il faudra qu'elle le glisse pendant trois nuits sous l'oreiller de son mari afin qu'il dorme la tête dessus. Ensuite elle l'enlèvera, et le gardera avec elle tout le temps pendant un an. Puis il lui dit qu'il est fatigué, qu'il va se retirer, et lui donne donc rendez-vous le surlendemain. Il l'accompagne à la sortie, elle le remercie, il a déjà disparu.

Elle se met à courir jusqu'à la route goudronnée, maintenant la nuit est tombée... Elle espère de toutes ses forces que le taxi l'a attendue. Oui, il est là ! Essoufflée, elle monte à l'intérieur. Le chauffeur démarre immédiatement. Elle est encore abasourdie... comment est-ce possible ? Comment était-il au courant ? Elle ne saura jamais, c'est comme ça... elle veut croire en ses pouvoirs ! Elle l'a entendu de ses propres oreilles, elle ne l'a pas inventé. Elle demande au conducteur s'il peut venir la chercher à l'hôtel et l'amener au même endroit, l'attendre et la ramener, après-demain à la même heure. Avec un soupir résigné, il accepte.

Ouf ! elle est soulagée, après tout ce quartier n'était pas si redoutable ! Une chance également que la case ne soit pas si éloignée de la route goudronnée ! Dans deux jours ce sera plus simple, elle connaît le chemin désormais.

Elle rentre à l'hôtel, il ne s'est pas aperçu de son absence. Ils partent dîner.

Le lendemain, elle le suit sur le tournage, au milieu des mouches tsé-tsé, des moustiques, des papillons... Un autre membre de l'équipe a chopé la maladie des yeux. Encore un, à qui le tour ? Lui est extrêmement fatigué, boit et fume énormément... Le stress du film ? Tous les jours une merde, au moins il y a de l'ambiance, pas le temps de s'ennuyer !

Enfin, c'est le jour et l'heure d'aller à son rendez-vous. Elle s'y rend avec quelque appréhension... Sa visite est très courte, à peine pénètre-t-elle dans la case que le sorcier apparaît. Il tient dans la main le coussin miniature :

– Voilà, vous me devez cent francs CFA !

Elle lui donne l'argent, il demande très peu cher. Elle ose lui poser la question qui lui brûle les lèvres.

– Qu'avez-vous mis dedans ?

– J'ai préparé des poudres à base de certaines plantes, et d'autres choses, puis j'ai cousu et enfermé le tout dans ce petit gri-gri... le reste, vous ne comprendriez pas.

– Au revoir !

Il se volatilise à nouveau.

Les jours qui suivent, elle fait exactement ce que le sorcier a prescrit, sans que son mari s'en aperçoive. Il est si crevé après le travail que c'est un jeu d'enfant !

À la fin de la semaine, il se réveille en meilleure forme. À partir de ce jour, sans changer son mode de vie, il devient capable de monter quatre étages sans ressentir de douleur, il passe toute la journée à cavaler sans la moindre fatigue. Ses examens sanguins se révèlent nettement meilleurs.

Elle est sidérée du changement qui s'est opéré en lui depuis qu'elle a vu le sorcier. Cela fait-il partie de l'Afrique et de ses mystères ? Personne ne le saura jamais.

Vacances à Ibiza

Ras le bol de tout, indispensable d'aller prendre l'air, un peu de soleil... Elle a pris deux billets d'avion, un pour elle, l'autre pour son ami Chocolat. Autant elle est pâle, autant son copain est noir, d'où le surnom qu'elle lui a donné.

Minuit, arrivée à Ibiza. Ils débarquent avec leurs bagages. Nous sommes au mois de juin, à Paris il tombe des cordes, mais ici le temps est au beau fixe. Galère, ils savent que les hôtels sont pleins... Peut-être une option pour demain au *Continent* ? Ils connaissent bien l'île, ce n'est pas une première... D'ailleurs, coïncidence, ils sont amoureux du même mec, Manuel, qui habite ici... Hélas, celui-ci n'est pas tout à fait libre ! Marié, il vient d'avoir un môme... Avec un peu de chance, sa femme ne sera pas là, ils pourront dormir chez lui. À cette heure tardive, ils pensent le trouver à l'*Amnesia,* boîte branchée en plein air.

La musique les accueille, la boîte est pleine de monde. Pause au bar, gin tonic, ils regardent les gens s'agiter sur la piste de danse. Re-gin tonic.

– On va danser ? dit-elle.

Sur la piste, plus rien ne les arrête... Grand défoulement. Chocolat est un danseur hors pair, il a ça dans le sang. À les regarder, on se dit qu'ils font un beau couple. Ils se sont rencontrés il y a deux ans... Amour platonique. Lui est homosexuel, avec juste ce qu'il faut d'humour pour assumer son homosexualité. Ils sont devenus les meilleurs amis du monde, une connivence rare. Ils sont jeunes, belles gueules, de l'imagination et de l'insouciance.

Elle sent sur son épaule une main qui se pose, elle se retourne, c'est Manuel. Il la prend dans ses bras et la serre fort. Elle aperçoit sa femme. « Merde, c'est rapman pour ce soir ! » Il étreint Chocolat, il est heureux de les revoir. Toujours aussi superbe avec ses yeux bleus.

– Vous connaissez ma femme Bianca ?

Ils s'installent tous autour d'une table.

– Je ne pensais pas que vous reviendriez aussi vite... Vous restez longtemps ?

– Une quinzaine de jours, on ne sait pas, tout dépend des finances, répond-elle. Dis-moi, les hôtels sont complets...

Manuel, embêté, secoue la tête.

– Avec le bébé, chez moi, c'est trop petit... Je suis désolé, sinon ce serait avec plaisir.

Il la contemple pendant que sa meuf fait la gueule. Chocolat se marre, sa complice croise son regard... Nos deux lascars ont le même objectif : trouver un toit avant le lever du jour ! Ils discutent avec Manuel, le narguent devant sa femme. Bientôt, il leur annonce qu'il doit rentrer au bercail à cause du bambin. Ils s'embrassent, se donnent rencart pour le lendemain.

Elle regarde Chocolat.

— Allez, au boulot !

Ils n'ont pas vraiment envie de dormir à la belle étoile, ils traînent au bar, essaient de brancher quelques mecs. Sans grand succès. Ils retournent danser. Une gonzesse les accoste, elle est un peu ivre, ils vont s'asseoir avec elle. Elle se présente, Zoé... Elle habite dans l'île, en pleine campagne. Avec une habileté rare, et un soupçon de perversité, Chocolat lui fait comprendre que son amie et lui ont un petit problème pour cette nuit. Elle, baba cool, s'imagine je ne sais quoi :

— Pas de lézard, vous pouvez dormir à la maison, on se retrouve dans une heure à la sortie au cas où on se perdrait !

Elle s'éloigne en leur souriant. Ils se regardent : si elle ne bluffe pas, mission accomplie !

Une heure après, ils attendent à la sortie avec leurs bagages. Zoé arrive au bout de dix minutes.

— Ah, vous êtes là... Eh bien, en route !

Une fois les sacs entassés dans une vieille voiture ripou, vamos ! Pendant le trajet, elle leur pose les questions traditionnelles : « Vous venez d'où… Qu'est-ce que vous faites dans la vie… C'est la première fois que vous venez ici ? » Par la vitre, Chocolat voit qu'ils roulent sur un chemin de terre depuis cinq minutes. Pleine brousse. Enfin une vieille bâtisse, tout le monde descend. La porte n'est pas fermée à clé. Décor baba à l'intérieur, avec des morceaux de cuir épars sur le sol. Zoé a un faible pour Chocolat, il lui fait vite comprendre qu'il n'aime que les garçons. « Une pédale, manquait plus que ça ! »

Il n'y a pas d'électricité, éclairage bougies. Elle leur montre un matelas, leur donne un drap, une couverture. Elle se roule un joint en marmonnant quelques mots en espagnol, ne daigne même pas leur proposer une taffe, puis s'écroule et s'endort. Ils se regardent et pouffent de rire.

– Mais qu'est-ce qu'on fout là ? dit-elle. On se tire demain à la première heure… allez, aide-moi à faire le lit !

– T'inquiète, c'est juste pour cette nuit ! On met toutes nos affaires près de nous, elle serait capable de faire nos valises ou nos poches… T'as vu, c'est crade !

Ils se couchent tout habillés, soufflent les bougies et, fatigués, s'endorment.

Ils se réveillent brusquement, la lumière du jour les aveugle. Chocolat regarde sa montre : midi. La propriétaire des lieux est là, assise devant un café, elle leur en offre. Ils acceptent par politesse. Ils n'ont qu'une envie, filer d'ici. De jour, la maison est encore plus déprimante. La fille leur propose de travailler avec elle, elle fait des bracelets en cuir, des chaussures, etc.

— On ne cherche pas de boulot, d'ailleurs on doit partir...

Dégoûtée, leur logeuse d'une nuit ne leur suggère même pas de les raccompagner jusqu'à la route. Ils prennent congé.

— Ouf, je n'en pouvais plus ! dit-elle à Chocolat. Elle a dû nous prendre pour des fous, t'as vu comme on s'est tirés à toute allure, et maintenant nous voilà comme deux cons, sous un soleil tapant, à porter nos sacs sur ce chemin de merde ! Tu crois que la route est loin ? Je suis complètement paumée ?

— Peut-être deux kilomètres à pied avant la civilisation...

Au bout d'une demi-heure, ils parviennent à la route. Épuisés, en sueur.

— Allez, allez, on fait du stop maintenant ! Chocolat, je n'ai pas envie de me taper cent mètres de plus...

Chocolat reste assis sur un des sacs. Une voiture passe, deux, la troisième s'arrête. Ils n'ont pas attendu longtemps, ici tout le monde fait du stop. Une dame plutôt sympathique les laisse devant l'hôtel *Continent*, ils remercient. Ils se dirigent vers la réception. Ils ont de la chance, une chambre vient de se libérer, mais elle est à nouveau réservée dans cinq jours. D'ici là, on verra bien. L'hôtel est plutôt luxueux, d'un goût spécial, très Club Med... Le prix de la chambre n'est pas triste non plus ! Ils s'en foutent, au moins ils savent où dormir les cinq prochaines nuits. Ils montent dans leur chambre, un bagagiste leur apporte leurs sacs. Pourboire. Ils ont une vue imprenable sur la mer, et même un balcon ! Ils regardent, trois étages plus bas, une grande piscine avec un immense buffet...

Un maillot, un coup d'ascenseur, et ils plongent dans l'eau fraîche. Après cette marche forcée, ils apprécient ! Ils sortent de l'eau au bout d'un bon quart d'heure, ils ont faim.

— Reste là, dis-moi juste ce que tu as envie de bouffer, je te rapporte un plateau !

— Des crudités, c'est parfait... Enfin tu prends comme pour toi !

Elle s'allonge sur un transat. Elle s'étire, c'est agréable de se faire sécher au soleil, elle s'endormirait volontiers mais au bout d'un moment elle n'y tient plus : il est temps d'aller à l'ombre, il fait trop chaud...

Après une sieste d'une heure et demie, Chocolat ouvre les yeux, regarde sa montre.

– Allez debout là dedans, on a rendez-vous au *Café de la Poste* avec Manuel !

Sur place, Manuel n'est pas arrivé, ils commandent une bière. Beaucoup d'Allemands, accompagnés de grandes blondes en short indécent, et chaussées de santiags pointues, les nichons à l'air, le tout d'une vulgarité extrême... Quelques Français, beaucoup de gens de la mode... Elle reconnaît quelques personnes, se lève pour les saluer et revient vite vers Chocolat. Il a à la main une bombe d'eau à la fleur d'oranger. Il s'asperge le visage.

– C'est agréable, ça rafraîchit... tiens !

Elle se vaporise à son tour. Au même moment Manuel arrive et se fout de sa gueule.

– C'est nouveau ?

– Tu devrais essayer !

Manuel se marre. Aussitôt, Chocolat, sur un ton détaché :

– Oui, ce n'est pas la seule chose qu'il devrait essayer, il ne faut pas mourir idiot !

Manuel le regarde avec son sourire dévastateur.

– Vous avez trouvé où dormir cette nuit ?

Ils racontent qu'on leur a proposé du travail et qu'ils auraient pu finir leurs jours à Ibiza en babas cool.

– Ma femme devrait partir la semaine prochaine avec le bébé chez ses parents à Nice. Enfin, j'espère... J'avoue qu'elle me prend la tête en ce moment ! Comme ça, vous pourrez venir à la maison...

– Génial, nous avons trouvé cinq nuits au *Continent*, ça tomberait pile ! dit-elle.

– Le *Continent* ? Dis donc, les cocos, vous êtes plein aux as... Venez au *Pacha* ce soir, il y a une fête... On se retrouve là-bas. Et puis je serai seul, Bianca n'a pas envie de venir !

– Voilà qui peut influencer notre décision... Je pense qu'on viendra !

Elle fait un clin d'œil à Chocolat qui se marre.

Ils regagnent leur hôtel en stop après avoir acheté quelques cartes postales bien craignos de filles à oilpé. Le temps de prendre une douche, d'écrire le courrier, et c'est déjà l'heure de se préparer. Chocolat est de plus en plus foncé, elle a pris des couleurs, bonne mine ! Il est vêtu de blanc, elle dans une petite robe moulante noire.

Ils décident d'aller manger dans un resto de la vieille ville où ils sont déjà allés. La vieille mama espagnole les reconnaît, elle est ravie de les revoir, elle va les soigner. On entend le bruit des vagues qui s'écrasent contre les rochers, le ciel est clair. Ce n'est peut-être pas le meilleur resto de l'île, mais ici on mange comme à la maison, tortillas, paella et tutti quanti. La vieille mama leur apporte poivrons frits, aubergines, et un max de hors-d'œuvre délicieux... Elle cuisine tout elle-même. Ils sont gais, mangent de bon appétit. Leur espagnol n'est pas vraiment au point, mais ils arrivent à se faire comprendre de la vieille dame qui bientôt les laisse pour servir de nouveaux clients.

– Qu'est-ce qu'il me plaît ce salaud de Manuel, il est de plus en plus beau, confie Chocolat. J'espère que sa meuf va se tirer avec le môme !

– J'aimerais bien, moi aussi, qu'elle dégage. Mais tu sais, il risque d'y avoir de la rivalité entre nous deux… Je trouve ça excitant ! Lequel de nous deux sortira avec lui ?

– Oh ! tu as plus de chances que moi, mais je ne m'avoue pas vaincu, loin de là, répond Chocolat avec un petit sourire en coin.

Elle lui prend la main tendrement.

– On ne peut jamais être sûr de rien… Regarde, tout le monde pense que nous sommes ensemble, c'est vrai que nous formons un beau couple ! dit-elle en riant.

– Alors ? Tu as envie d'aller boire un verre au *Pacha* ?

– D'acc. Juste un petit moment… Je pense que je ne ferai pas long feu ce soir !

Après un café, l'addition et un baiser à la mama, ils flânent dans la vieille ville. Un peu ivres.

Il n'est pas tard, pourtant la boîte est déjà bondée. Tout le monde est déguisé, soirée orientale, certains portent des masques. Il fait une chaleur insupportable. Ils traversent la piste au milieu des danseurs, et Charlie, le patron, les emmène dans un petit « patio » réservé à ses invités de marque, enfin si on peut dire... Des bouteilles sur la table, un seau rempli de glaçons, une banquette d'un vieux rouge passé.

— Laissez-moi me rappeler, vous buvez... gin tonic tous les deux !

— Gagné !

Chocolat lui tape dans la main. Charlie est adorable, avec un gros penchant pour Chocolat. C'est lui qui organise les fêtes au *Pacha*. Ils le connaissent de Paris où il faisait le même job au *Palace*.

— Tu n'as pas vu Manuel ?

— Non, ma chérie, il vient toujours un peu plus tard, tu sais bien...

Il fait un clin d'œil à Chocolat.

— Toujours la même fixation tous les deux... C'est vrai que je ne suis pas insensible non plus à son charme. Sévère concurrence sur cet oiseau-là... Attention !

Charlie vide son verre cul sec.

— Je reviens... restez dans les parages, on ne se perd pas de vue, d'accord ?

Il s'éloigne dans la foule.

— Dis, mon Chocolat, en fait, je me sens KO, je crois que je vais rentrer à l'hôtel... Tu restes ?

— Ouais, j'ai envie de traîner un peu, je te rejoins plus tard... D'accord ?

Elle l'embrasse et disparaît après s'être servi the last one for the road. À peine de retour dans sa chambre, la sonnerie du téléphone retentit.

– Manuel ? C'est toi ? Salut !... Oui, je viens juste de rentrer... Oh non, je suis crevée, mais Chocolat est là-bas... Je te vois demain ? Non, n'insiste pas, c'est négatif... Moi aussi... Bisous, à demain.

Dernier jour à l'hôtel, dernière nuit aussi. La meuf de Manuel ne part plus que dans une semaine, donc le cerveau commence à être en ébullition pour nos deux compères. Ayant payé la douloureuse de ce repaire de cons, les voilà à nouveau sur la route, sous le soleil, à faire du stop. Avec armes et bagages.

– Écoute, si c'est un mec qui s'arrête et qui essaie de se brancher sur moi, tu me laisses faire. Si c'est le contraire et que c'est toi la cible, je m'écrase... OK ? De toute façon, à l'arrivée nous sommes ensemble quoi qu'il arrive !

– C'est bien ce que je pensais, répond Chocolat.

Clin d'œil, bisous. Elle est bronzée, les cheveux lâchés, minishort, tennis. Les voitures continuent à défiler... Une Jeep s'arrête, crissement de pneus. Elle regarde le mec. Le conducteur la déshabille en un clin d'œil. Chocolat met les bagages dans la voiture et monte derrière, elle près du chauffeur, qui la dévisage toujours avec insistance.

– Bonjour ! Vous allez à l'aéroport ?

– Si on peut avoir un vol aujourd'hui, on s'en va, les hôtels sont complets, nous n'avons plus trop le choix… C'est bête, on s'amusait bien, mais je n'avais réservé que pour cinq jours, j'ai essayé de prolonger, impossible… Tant pis, nous rentrons à Paris !

– Ce n'est qu'une histoire de place à l'hôtel ? Écoutez, j'ai loué une maison jusqu'à samedi. C'est-à-dire que dans trois jours, je rentre en Italie. Je vous invite chez moi si cela vous tente.

– Ça marche ! Vous êtes sûr qu'on ne vous dérangera pas ?

– Non, je suis là avec des amis… Nous avons une maison avec piscine, ce soir nous faisons une fête, vous êtes les bienvenus, parole d'Italien ! Nous avons une chambre libre, c'est avec grand plaisir, si vous nous faites l'honneur d'accepter…

Coup d'œil à Chocolat et, s'adressant à lui :

– Nous changerons nos billets d'avion, difficile de refuser une telle hospitalité !

La voiture stoppe devant une villa blanche. L'Italien prend les bagages, ils le suivent le long d'un petit sentier. Ils contournent la maison, ils sont en haut d'une falaise, la mer est là, à perte de vue. Piscine, escalier taillé dans le roc descendant jusqu'aux vagues. La maison semble déserte. Ils entrent et leur hôte les conduit immédiatement à leur chambre. Un couple sort d'une pièce, la fille a les cheveux ébouriffés.

— Au fait, nous ne nous sommes pas encore présentés !

Leur hôte s'appelle Reno. Il fait les présentations, puis il s'excuse et part en promettant de revenir le plus vite possible. Il laisse le soin au dénommé Alexis, l'invité qu'ils viennent de croiser, de faire les honneurs des lieux aux nouveaux arrivés. Pause. Elle s'enferme avec Chocolat dans la chambre, prétextant une fatigue soudaine.

— Bien joué, lui dit son ami, mais le mec a l'air collant ! Il s'imagine que c'est dans la poche, il va falloir la jouer subtile, surtout se servir de sa gonzesse, exciter sa jalousie. Nous devons rester sympathiques, il faut qu'il croie jusqu'au dernier jour que c'est possible avec toi... Il te dévorait des yeux...

— Je sais, je sais... Écoute, tu es mon petit mec hyper jaloux, tu ne supportes pas l'idée d'être trompé... On est bien d'accord ?

Ils éclatent de rire. En avant la galère de luxe !

— Pas mal, notre nouvelle crèche.

Leur chambre donne sur la piscine.

— Tu viens piquer une tête ?

— OK, je me mets en tenue.

Elle rejoint Chocolat qui est déjà dans l'eau.

— Prends l'escalier sur ta droite, lui conseille-t-il.

Elle descend quelques marches, se retrouve devant une grande baie vitrée donnant sur la piscine. Elle voit Chocolat, comme dans un aquarium, arriver vers elle. Ils sont séparés par la vitre. Il essaie de la faire à la Esther Williams, elle remonte.

– Génial, on peut se voir !

Et elle plonge à son tour. L'autre couple s'installe sur des transats, ils sont bronzés, et viennent de mettre la sono à fond.

Ils sortent de l'eau, et pour sécher un peu plus vite se mettent à danser... Elle demande à Chocolat s'il n'a pas envie de descendre à la mer.

L'escalier taillé dans le roc n'en finit pas. La remontée sera raide...

Quand elle émerge des vagues, elle se juche sur un rocher après avoir pris une serviette sur la dernière marche. Elle roule son maillot sur ses hanches. Chocolat vient s'asseoir à côté d'elle.

Ils se partagent un clope. Au bout d'une heure, ils se disent que ce n'est peut-être pas poli de disparaître comme ça. Ils remontent, arrivent en haut tout essoufflés. Reno est de retour avec deux types et une fille, apparemment sa gonzesse. Elle se présente : Brenda.

Tout le monde est installé autour de la piscine. Les deux filles sont à poil, elle garde son maillot baissé sur les hanches et se colle à Chocolat. Bientôt les couples se retirent dans les chambres, les autres mecs jouent aux cartes dans le salon. Des traiteurs et des serveurs arrivent, et se mettent à dresser les tables pour la soirée.

Ils retournent eux aussi dans leur chambre. Après une courte sieste, ils s'habillent léger. Les gens commencent à débarquer, beaucoup d'Italiens... Chaque fois que Brenda est occupée à recevoir les invités, Reno vient tourner autour de son auto-stoppeuse. Elle croise le regard de Chocolat qui lui glisse à l'oreille :

– Tourne toujours, mon coco, ce n'est pas pour toi !

Elle esquisse un sourire, que Reno prend pour lui. Parmi les invités, ils en connaissent un grand nombre, l'île est petite. Et qui arrive, seul ? Manuel ! Il est surpris de les voir, mais content.

– Qu'est-ce que vous faites ici ? Reno, je ne savais pas que tu les connaissais !

– Ils sont mes invités, surtout elle, dit-il en la prenant par la taille.

La fête continue. Bientôt, elle surprend Chocolat en train d'embrasser Manuel. Tout le monde est pété, un désordre total règne autour de la piscine. Certains se sont mis à poil et sont dans l'eau, d'autres poussent ceux qui passent un peu trop près. Les couples flirtent, frisant l'indécence, une certaine décadence.

Le lendemain, ils déménagent. Un des amis de Reno les a invités chez lui, pour les deux nuits et les deux jours qui restent avant d'aller s'installer chez Manuel. Il habite pas très loin, dans une superbe villa aussi. Le soir même, elle invite tout le monde au resto. Les vacances sont géniales, ils atterrissent dans les plus belles demeures, invités à toutes les fêtes. Ils ont le sens de la démerde. Reste à savoir qui va marquer le dernier but...

L'appartement de Manuel est agréable, en plein Ibiza, sur la place. Elle sort faire des courses, laisse les deux mecs en pleine discussion. Elle rencontre quelques personnes, va boire un verre avec eux, et revient une heure après.

À peine entrée, elle voit dans le couloir, comme les mies de pain semées par le Petit Poucet, les vêtements de Chocolat et de Manuel au sol jusqu'à la porte de la chambre. Elle entend grincer les ressorts du sommier...

Doucement, elle pose son panier à provisions, fait demi-tour, un peu triste quand même. Puis elle se reprend, il faut fêter ça !

Elle retourne au café. Le garçon arrive.

— Bloody-mary, s'il vous plaît, ou plutôt... vous pouvez m'en apporter deux en même temps ? demande-t-elle avec son plus beau sourire.

Obscur abysse

Dans une petite maison au cœur de la ville, le silence règne. L'obscurité de la nuit emplit les pièces d'une étrange atmosphère, comme si subitement on avait déserté le navire, comme si on savait que rien désormais ne serait plus jamais comme avant... Au dernier étage, une chambre immense, presque sans meubles, où l'on devine une ambiance précieuse, qui exige d'emblée une sorte de recueillement semblable à celui qui nous envahit parfois à l'entrée d'un tombeau...

Ils sont là. Tous les deux blottis l'un contre l'autre dans ce grand lit, trop vaste pour eux. On entend juste leur respiration régulière. Ils dorment... Elle, anéantie de fatigue, d'impuissance... Elle a fini par s'endormir après bien des sanglots et des nuits blanches. Lui dort profondément, comme seuls les enfants en ont le secret et le pouvoir. Ils sont là, enlacés dans leur tristesse et leur sommeil, quand soudain il apparaît. Est-ce un cauchemar, un rêve ou la réalité ? De quel abysse obscur et austère sort-il ? Vient-il d'un au-delà merveilleux dont on ne connaît pas encore le sésame ? Qu'importe après tout ? Il est là et elle le regarde, surprise, troublée, sans comprendre.

— Mais que fais-tu ici ? Tu es parti, tu nous a laissés ! Tu n'es plus de ce monde, souffle-t-elle, d'une voix brisée, les yeux noyés de larmes.

Avec douceur, il la prend par les épaules et lui répond :

— Tu te trompes, je suis là !

Elle recule, essaie de se libérer.

— Non ! Je t'ai vu, tu te fous de ma gueule ! Je t'ai vu, tu ne bougeais plus, tu avais si froid... sanglote-t-elle.

Lui, toujours paisible, lui relève le menton.

— Non... Chut, petite fille ! Je suis toujours là, et je ne suis pas froid...

Du doigt, il lui montre le tableau qu'ils forment, l'enfant et elle, allongés l'un contre l'autre, et subitement dans son sommeil elle sent contre son ventre la chaleur de son fils endormi...

Elle se réveille en sursaut, en sueur, effrayée, avec toujours cette sensation exquise venant du plus profond de ses entrailles. Pas très rassurée, avec une peur non contrôlée, elle allume la petite lampe de chevet près d'elle, essayant de ne pas trop bouger afin de ne pas réveiller l'enfant.

D'un geste tendre, elle caresse ses cheveux bouclés, son cœur bat fort, et dans la nuit elle écoute hurler le silence...

Table des matières

Directrice littéraire
Huguette Maure

Graphiste
Pascal Vandeputte

Attachées de presse
Nathalie Ladurantie
Sophie Hourdequin

Photocomposition réalisée par
NORD COMPO
59650 Villeneuve-D'Ascq

Impression réalisée sur CAMERON par
BRODARD ET TAUPIN
La Flèche

pour le compte des Éditions Michel Lafon
en février 1996

Imprimé en France
Dépôt légal : février 1996
N° d'impression : 1626N-5
ISBN : 2-84098-078-0
50-1375-0
ML 260